不倫手記

劇漫編集部 編

溢れ出す淫水で男を熔かす
火照る魔性の肉体性交体験

第一章 自ら獣を惹きつけてしまう女たち

紳士然とした五十路男性に足先を舐められながら絶頂へ 10
【告白者】西荻夢亜（仮名）／29歳（投稿当時）／専業主婦

異常実習で既婚オヤジ達の歪んだ性癖を叩き込まれた女 30
【告白者】山城みどり（仮名）／20歳（投稿当時）／専門学校生

正体不明の「凧オジサン」に屈辱の強制パイズリ！ 47
【告白者】最上和歌子（仮名）／30歳（投稿当時）／専業主婦

キャンプの夜はスワッピングで盛り上がり公開セックス 65
【告白者】糸川美知子（仮名）／33歳（投稿当時）／専業主婦

第二章

罠と知りながらカラダを開く女たち

復讐の陰刻・美麗モデル人妻が襲われた性人形化計画
【告白者】渡辺晃彦（仮名）／38歳（投稿当時）／造形作家 …… 86

女性副支配人が姦視カメラに曝け出した背徳不倫性交
【告白者】黒川健壱（仮名）／58歳（投稿当時）／ホテルマネージャー …… 103

白濁の巨塔・美熟人妻看護師が嵌まった夜姦診療の罠
【告白者】浅倉朱美（仮名）／35歳（投稿当時）／看護師 …… 120

万引き現場を目撃されて肉体契約に堕ちたご近所奥様
【告白者】斎藤信一（仮名）／42歳（投稿当時）／無職 …… 138

第三章 歪んだ愛欲を優しく受け入れる女たち

一つ屋根の下、憧れだった義姉と禁断の膣射筆下ろし
【告白者】岡崎登志夫（仮名）／18歳（投稿当時）／浪人生 …… 154

思いを寄せる女性と初老男の不倫に激怒し強制性交!?
【告白者】大迫翔（仮名）／20歳（投稿当時）／大学生 …… 174

穢された行楽！　山中で弟の同級生と羞恥野外セックス
【告白者】小野寺祥子（仮名）／31歳（投稿当時）／主婦 …… 192

事務的精子採取のはずが濃厚口技に歓喜し極上膣に発射
【告白者】江沢守（仮名）／45歳（投稿当時）／会社員 …… 206

第一章

自ら獣を惹きつけてしまう女たち

●アルバイト先の高級ラウンジはマゾ男性の巣窟だった

紳士然とした五十路男性に足先を舐められながら絶頂へ

【告白者】西荻夢亜（仮名）／29歳（投稿当時）／専業主婦

結婚四年目、29歳の主婦です。子供はおらず、夫が大企業の正社員なので経済的に少しくらい余裕はあります。夫はひとまわり以上年齢が上ですが、私の高校時代の同級生などは、家計を助けるため外で働かざるを得ないケースが多いと聞いてますから、いまの生活にそれなりに満足はしています。

とはいえ、結婚生活四年目ともなると、子供もいないため昼間はヒマを持てあましてしまうことも少なくないです。そんなときはたいていテレビをみたりネットをしたりして過ごしますが、そんな生活にも飽きていました。共働き夫婦からすれば、そんなのは贅沢な悩みだろうと思います。

ところで、私が住んでいる地域は都心から電車で四十分ほど離れた新興住宅地です。一帯は新築の戸建てが立ち並び、そこに住んでいる人たちは私と同世代の夫婦が多いです。そのため、地域の会合などに参加したとき、世間話から親しくなった近隣の主婦の方が数人いました。たまに専業主婦どうしで集まり、お茶会をすることもありました。

今回の話は、そんなお茶会仲間の島津亜希さんがきっかけでした。亜希さんは私と同い年の29歳。学年も同じということで親近感がありました。また結婚五年目ですが、やはり私と同じく子供はいません。

ひと月ほど前でしたか、亜希さんが突然訪ねてきて話があるといいます。聞いてみると、良いアルバイトがあるとのことでした。亜希さんのご主人も大企業に勤めていて、亜希さんも外で働いてはいないと聞いていたので、私は彼女が仕事の話を持ってきたことが意外でした。

よくよく聞いてみると、独身の妹さんから話を持ちかけられたとのことでした。バイト代が目当てというよりも、特別な体験ができると妹さんは言っていたようです。つっ込んで話を聞いてみると、都内の高級ホテル内にある豪華ラウンジの接客だということです。亜希さんはやってみたいけど、ひとりだと心細いということで私を誘ったのです。たしかに私も興味がありました。

とはいえ、躊躇する理由もありました。ラウンジの制服がバニーガールだったからです。これまでそんなセクシーな格好などしたことがありませんから、恥ずかしいと思いますし、自分のスタイルに自信もありません。そんなわけで、亜希さんとすこし話し合った結果、見学ならOKだろうということで、亜希さんの妹さんに頼んで予約を入れてもらうことにしました。

後日、ラウンジのオーナーから直接連絡があり、私と亜希さんは見学に行くことになったのです。主人に話をしようか迷ったのですが、結局言えませんでした。ラウンジの見学は夜ですから、都心に住む学生時代の友人と飲みに行くとウソをつき、その日は出掛けました。ただ、主人は仕事から帰ってくるのがいつも遅いため、おそらく私のほうがはやく帰るだろうとも思っていました。ちなみに亜希さんも、ご主人には言えず、やはりウソをついて出てきたようです。

さて、私たちふたりが高級ホテルに入ると、さっそくオーナーが案内してくれます。ホテルのなかにあると思っていましたが、ホテルのすこし先で営業しているとのことでした。このとき怪しい感じがしたのですが、物腰がとても柔らかなオーナーだったこともあり、私たちはタイミングを失い、そのまま指定の場所に案内されていきました。

路地をいくつか抜けて、とある雑居ビルの一室に入っていきます。私の第一印象は、落ち着いたライブハウスという雰囲気の場所でした。ただ、ソファーの配置はクラブかキャバレーに思えます。とても広い空間のようですが、照明が薄暗くて全体が見わたせません。

オーナーに説得され、この日は見学ではなく体験入店ということになりました。私たちはそのまま更衣室に案内されて、さっそく制服に着がえます。テレビや映画で見たことがある、いわゆるバニーガールの衣装です。赤いレオタードに黒のストッキング、そして赤いハイヒールでした。ストッキングはパンストではなく、片脚ずつ独立したタイプです。普通は、落ちないようガーターベルトで固定するのでしょうが、ガーターベルトはなくストッキングのゴムの力だけで、太ももに留まっています。

ちなみに、亜希さんも私も標準的な体型でグラマーというわけではないため、男性方の興味をひくかどうかについて自信はありませんでした。

それにしても、オーナーは私たちふたりの名前を聞いただけです。普通は書面にいろいろ書くものだと思うのですが、名前にしても苗字を告げただけです。そのことがますます怪しさを増します。

「そんなのどうでもいいんじゃない。とりあえず私たち、見た目は合格したってことよ。自信もっていいと思うな」

私よりも楽天的な亜希さんはそう言って、やる気満々のように見えました。もしもひとりだったら途中で帰ってしまうところでしたが、そんな彼女といっしょということやもちろん好奇心もあり、とりあえずやってみようと思っていました。

そして、私たちを呼びに来たオーナーについていき、さっきのラウンジで待機することになりました。おもな仕事はお客さんへのお酒の提供です。お酒の相手をすることはなく、ただ配膳するだけでした。

夜の九時をまわると、やがてお客さんがちらほらやって来るようになり、十時頃には八割方の席は埋まっていました。わかりにくい場所にあるのに人気の店だと思いましたし、お客さんはみな常連さんのようでした。

私は外で仕事をしているわけではないため、いつもヒールをはきません。だから慣れないヒールで脚の疲れを感じていました。ただ、仕事自体はとても楽なもので、お客さんはみんな紳士的でしたし、私が思っていたようなセクハラまがいのことも皆無でした。

脚の痛みにもなんとか慣れてきたころ、私は店長に呼ばれます。

「ねえキミ、あそこの席のお客さんのところに行ってくれないかなあ。指名が入ったんだよ」

指名？　そんなシステムがあることを初めて知り、私は戸惑います。ところで、ラウンジ内にいるバニーガールは、私と亜希さんを含めて五人でした。指名が入ったのはおそらく私だけです。

「何をすればいいんですか？」

私がたずねると、店長はとにかくお客さんのところに行けばわかるといいます。それから、おそらく別室でお酒の相手をすることになるとも。

別室ときいて、私の警戒感は大きくなりました。しかし指名が入り、個別の接客となると、バイト代が三倍になるとのことでした。

実はこのとき私は、亜希さんを含めほかの女性たちを差しおいて指名が入ったことを誇らしく思っていました。結婚してからは、夫以外の男性と接する機会はまったくありません。だから、自分が魅力的な女性だと思ったことはありませんでした。ところが、これまで会ったこともないお客さんが私を指名している。この事実は、私の平常心を奪うには充分だったと思います。

「キミ、今日初めてなんだって？」

私が言われた席に行くと、高そうなスーツに身を包んだ男性が声をかけてきました。

年齢は五十代なかばくらいだと思います。

「はい、今日からです。よろしくお願いします」

「名前は？」

そういえば私はラウンジでの名前は決めてませんでした。本名をいうのは嫌だったので、咄嗟に「のぞみ」と答えました。私の母親の名前でした。

「それより、脚が長いね。とても魅力的な脚だ」

そのお客さんは、私の下半身を舐めまわすように見ています。

「あ、ありがとうございます。そんなこと言われたの初めてです」

私は恥ずかしくなり身体を硬直させます。

「店長！　のぞみさんで頼む」

直後、お客さんが店長を呼びつけて言いました。どうやら私は、さっき話があった別室で接客をすることになったようでした。

「失礼、お嬢さん。どうぞこちらへ」

お客さんはそう言ってソファーから立ち上がり、私の手を握ります。そして呆然とする私の手を引いて、ラウンジの奥に歩きはじめました。

「あの、どちらに？」

私は戸惑いながらたずねます。しかし、お客さんは「個室でお酒の相手をお願いするだけだよ。心配ない」と言ってラウンジ奥の個室に入っていきました。

ワンルームほどの大きさの部屋でした。中央にイスとテーブルが置かれています。数秒後、店長がブランデーのボトルを運んできてテーブルのうえに置きました。私はいっしょに運ばれてきたグラスにブランデーを注ぎます。

「どうもありがとう。でも、ここはお酒がメインじゃないんだよ。じゃあ、さっそくはじめようかな」

そういうと、お客さんがいきなり服を脱ぎはじめます。私は、やっぱりエロいサービスだったんだと困惑しながらその様子を眺めていましたら、パンツ姿のお客さんが床のうえに寝転がったのです。私はなにが起こっているのかわからず、お客さんのそばで困惑し立ったままです。

「ん？　聞いてない？　初めてだから戸惑いもあるかな」

お客さんはそういうと私の左脚を取り、ハイヒールを脱がしました。そして胸のあたりに私の足の裏を這わせます。

「こうやって刺激して欲しいんだよ。多少力を入れても大丈夫だからね。身体のあとは顔とか股間とか」

私は理解しました。お客さんは女性の脚が好きなフェチでした。そして、ラウンジはその類いのお客さんたちが性癖を満たすために集まっていたのです。私はいまだかつて、男性を脚で刺激することなどした経験はありません。しかし、私の片脚はもうお客さんの胸のうえにあります。

私はここまできたらやるしかないと思い、足先をゆっくりと這わせました。さわさわする程度の力加減です。

「いいぞ！　その調子。初めてにしてはスジがいい」

お客さんの股間がふくらんでいるのが見えます。私はもうすこし強い力を加えながら胸やお腹のあたりを踏んでみました。お客さんは身体をのけ反らせて気持ちよさそうにしています。私は男の人がこんなふうに本気でよがっている姿をこれまで見たことがありませんでした。

夫とはいまでもセックスはありますが、どこか淡々とした感じですし、私自身もそこまで気持ちがいいというわけではありません。それがどうでしょう。私が数センチ足先を動かすだけで、お客さんが激しく反応している。

私はそのことが嬉しくなり、さらに責めようと思いはじめます。私は思い切って、お客さんの股間を足で押してみました。ストッキング越しにボッキしたチ○チンの感触が伝わってきました。私が強い力で押すと、その反動で勢いよくはね返ってきます。

「足でパンツを下ろしてくれ」

私は言われるままパンツを下ろそうとしますが、なかなかうまくいきません。しかし何度かのチャレンジのあとで、チ○チンが半分見えたかと思うと、次の瞬間、ツルリッという感じでチ○チン全体がパンツから顔を出しました。そして私はチ○チンを直接足で踏みます。

「そうそう、ゆっくりまわすように……」

言われたとおりに足をまわすと、チ○チンもいっしょに回転しました。ときどきチ○チンがビクビクと動いて、その動きを足の裏に感じます。私はこの時点でかなり夢中になっていました。亀頭を足先で刺激したあとは、サオの横筋に足先を這わせます。

そして気付くと、お客さんに指示されなくても、独自に動いていました。

さらに、まだパンツのなかに収納されていたタマに狙いを定めます。パンツのなかに足先をつっ込み、タマをゆっくりと刺激します。

「おいおい、わかってるじゃないか！　とんでもない新人があらわれたもんだ」

そしてお客さんは、自分でパンツを下ろして全裸になりました。

「今度はストッキングを脱いでナマ脚で頼むよ」

そそり立つチ〇チンをあらわにしながら、お客さんは言います。私は言われるまま、ストッキングを脱ぎ、ナマ足でチ〇チンを刺激します。ストッキングをはいていたときは、指の動きが限定されていましたが、今度は違います。私は、親指と人差し指の間で亀頭を挟みグリグリと動かしました。

「くうう！　これは……とても新人とは思えん」

そう言うと、お客さんは身体を何度ものけ反らせて感じています。私はその反応がとてもおもしろくて、ついついやり過ぎてしまいます。親指と人差し指の間で亀頭を挟んでシコシコと上下運動。その次は、亀頭の先端を親指の腹でグリグリ。

お客さんの第一印象は落ち着いた紳士という感じでしたが、ここにきて印象はすっかり変わり、変態にしか見えませんでした。やがて、親指の腹にヌルヌルした感覚がありました。

お客さんがガマン汁を垂らしているのです。もしかして、私は素質があるのかもしれない。そんなことを思いながら、今度はサオ全体を力強く踏みました。そしてグリグリまわします。お客さんは奇声をあげて悦んでいます。調子に乗ってきた私は、もっとイジメてやりたくなります。

「お願いだ、今度は顔を踏んでくれ！」

私はすぐさまお客さんの顔に足の裏を乗せ、思い切り踏みしめました。お客さんは、またビクビクと身体を奮わせたあと、私の足を両手でつかみ舐めはじめたのです。最初は足の裏に軽く舌を這わせる程度でしたが、そのうち激しくなってきて、足の指を口に含んだり、足の甲のほうまで舌を這わせてきます。

「くすぐったいです！」

私は何度か足を引っ込めようとしましたが、強く押さえつけられていて動けません。そのうちお客さんは口元からヨダレを垂らしながら私の足を嬉々として舐めています。

「しばらく立ってたから、そこそこ汗かいてるね。しょっぱくていい。すごくいい」

お客さんは、私にというよりも自分自身に言い聞かせるかのように納得しながら舐め続けています。くすぐった過ぎて、私は立っていられなくなりました。

そしてその場で尻もちをついてしまいます。すると、お客さんはこれ幸いとばかりに、私のもう一方の足を自分の方に引き寄せてストッキングを脱がせ、すぐに舐めはじめました。

「チ○チンをグリグリしてくれ！」

言われるまま私は、お客さんがそれまで舐めていた足で、チ○チンを刺激します。一方の足は舐められていてくすぐったく、もう一方はガマン汁が滴るチ○チンをグリグリ。私は身体が熱くなるのを感じていました。気持ちよくなってきたのかもしれませんでした。お客さんの舌が、足指を離れ、足の裏の土踏まずの部分を舐めまくります。そのあと、踵のほうに移り、くすぐったくても逃げられない状況で舐められ続けたせいか、足の感覚がおかしくなってきました。

自然とチ○チンを刺激する足がおろそかになるのですが、その都度グリグリするように言われます。そんな状態が十五分ほど続いたでしょうか、私の足はお客さんの唾液とガマン汁でビチョビチョになってしまいました。

「いや〜、よかったよ。じゃあ、今度は顔のうえに跨りなさい。その前に、もうレオタード脱ごうか！」

お客さんはそう言いながら自分のチ〇チンを手でしごいていました。異様な経験をした後だからでしょうか、私はいとも簡単にお客さんに従い、レオタードを脱いで、ナマのマ〇コをお客さんの顔に押し付けるかたちで座りました。いわゆる顔面騎乗です。私の陰毛の先に、お客さんの口元があり、そのうえにお客さんの目。冷静に考えると滑稽な光景です。

しかし私はすっかり世界に入り込んでいたのでしょう、股間がじわじわと熱くなる感覚があり、ものすごく感じてしまいます。

と同時に、お客さんの舌がマ〇コに入ってきました。

「う〜ん、テイスティ！　いい味だよ、お嬢さん。指名した甲斐があった」

独特な表現を聞いて私は途中笑いそうになりましたが、それよりもお客さんの舌の動きが絶妙で、快感がどんどん大きくなります。

「ああ〜ん、そこ気持ちいいです！」

お客さんの舌は、膣内の奥のほうを捉えていました。このとき私ははじめて、クリよりもナカのほうが感じるタイプだと自覚します。思えば、夫はこんなに丁寧で激しく舐めてくれたことはありません。私は下半身を動かさざるを得ないほど感じまくり、アエギ声が大きくなっていきました。

続いてお客さんは、私の肛門に狙いをつけます。舌先がだんだんと亀裂を離れていき、肛門表面を舐めはじめました。肛門を舐められるなど、もちろんはじめての経験です。私はさっきよりも激しく下半身を動かします。最初は恥ずかしさが勝っていましたが、そのうち気持ちよくなり、肛門が拡がるのがわかりました。

そしてお客さんの舌が表面を超えて内部に入ってきたのです。

「うあああ！　ダメです。そんなトコ。おかしくなりそう！」

抵抗する素振りを見せた私でしたが、本音は違います。スースーする感覚と快感に同時に襲われて、これまで経験したことがないほどの気持ちよさでした。

「お嬢さん、アナルも感じるんだ。ビンカンで良いケツの穴だよ、これは。それに美味だ」

そう言うとお客さんは舌先を回転させます。私の快感は凄まじいものでした。まったく弄られていないマ〇コが濡れているのがわかります。

「いい具合に濡れてきた。そろそろ欲しくなってきたんじゃないかな？　お嬢さん、自分で跨ってみなさい」

ああ遂にきた。私は思いました。お客さんは騎乗位で挿入しろと言っています。私は頭のなかで夫の姿がチラリとよぎりました。しかし、濡れたマ〇コが、チ〇チンを欲しがっています。これは仕事なんだ。私はそう自分に言い聞かせて、お客さんに跨り、マ〇コにチ〇チンを誘導しました。

チ〇チンは一気に奥まで入り込みます。私のマ〇コは奥も表面も相当に濡れていたのでしょう。それに加えて、膣内いっぱいにチ〇チンが拡がっている感覚もありました。すぐにお客さんが下から突きはじめますが、すこし動くだけで物凄い快感です。「すごくいいです！　オマ〇コいっぱいにチ〇チンが拡がってます！」

あまりに気持ちよかったため、私の口からは、ヒワイな言葉も飛び出していました。

「よく締まるマ〇コだ。今度は自分で動いてみなさい」

そして私は自分で腰をグラインドします。最初は前後、続いて上下というように腰をゆっくりと動かしていくと、膣内のどこが気持ちがいいのかわかるような気がしました。そして気持ちがいい部分にチ〇チンが当たるように、自分の腰を動かします。

「これはたまげた！　腰の動かし方、プロ級じゃないか。どこかのお店に勤めてたのかな？」

お客さんは本気で感心した様子でした。

「いえ、そんな……私、普通の主婦なんです。友達に誘われて来ただけです」

快感をこらえて放った言葉は、大部分がかすれていました。

「それはすごい。お嬢さん、ますます素質あるよ」

お客さんはそう言うと、下から激しく突きあげました。

「きゃあ！　気持ちいい！」

お客さんの腰と私の腰が何度も当たる音が、パンパンと個室に響きわたります。その直後、ピストンがゆっくりめになったかと思うと、お客さんが私の両脚を伸ばして持ち、自分の顔のほうに足先を向けました。私はお客さんの身体のうえに抱えあげられた状態です。

そして、私の足先を舐めはじめました。チ○チンは相変わらず私のマ○コに突き刺さったままです。お客さんは、私の足を舐めながら、チ○チンをゆっくりとピストン。最初に感じた足のくすぐったさは無くなっていました。

上下に激しくピストンしていたときよりも、チ○チンが大きくなっています。おそらく私のマ○コは隙間がどこにもないほど拡がっていたと思います。

「いやあ、すごくいい！　女性の足とマ○コを同時に満喫できる、この格好が私はとても好きでね。できればこのまま中に出したいと思うが、どうだろうか？」

流れでセックスしてしまった私でしたが、中出しはさすがにムリです。私は「主人に顔向けできません。中出しはダメです。バイト代を弾まれてもダメです！」

もちろん断りますが、私がそう言い終わらないうちにチ○チンのピストンがスピードを増してきました。それにさっきよりも大きくなっているような感覚があります。もしかしてムリヤリ中出しされるのではないか。私は気が気ではありませんでした。

「ホントに中はダメです！」

私が絶叫すると、お客さんはあきらめてくれたのか、ピストンのスピードが遅くなりました。

「中出しは今度ということで、じゃあ今日は足コキをお願いするよ」

お客さんはマ○コからチ○チンを抜いて、私の両足で挟むように言います。私は言われるまま、足の裏でチ○チンを挟み、そしてシコシコと動かしました。とてもヘンな感覚です。しかし私の気持ちなど構わないという感じで、お客さんはとても気持ちよさそうにしていました。

そして数分後、お客さんが「うっ！」と言った直後、フルボッキしたチ○チンの先端からザーメンが吹き上がりました。うえにあがったザーメンはそのまま落下して私の両足に降りかかります。

お客さんはその様子を見て、とても満足そうにしていました。私はというと、ちょっとした恍惚感があったのも事実です。

「ねえお嬢さん、私の愛人にならないかね？」

私はよほど仰天した顔をしていたのでしょう。そのあとでお客さんは「考えておいてくれたらいいよ。お嬢さんの足とアナルは、どんな栄養ドリンクよりも元気がみなぎる」といってにっこり。

私は愛想笑いを返すのが精一杯でした。

私はまたバニーガールの衣装を着て、個室から出てラウンジに戻りました。時計をみるともう十一時です。ラウンジで亜希さんをさがしますがいません。と、ほどなくして亜希さんが個室のほうから出てきました。

私の顔を見るなり、バツの悪そうな表情をしています。もちろんほかのフェチ客の洗礼を浴びたのです。

それから私と亜希さんは帰宅することになりました。店を出るときバイト代をもらったのですが、主人のひと月分の給料の半分くらいあって驚いてしまいました。

さらに帰り際、「キミたち本格的にうちで働いてよ。複数のお客さんから頼み込まれちゃってさあ」と店長から言われました。

帰宅する電車のなかで亜希さんと話をしましたが、亜希さんのほうは三十分間ずっとワキの下を舐められ続けたそうです。私たちふたりはお互いに、気色悪い体験だったと話しましたが、私は実はまた働いてもいいかもと思っていました。知らない世界に触れたことがそれなりに楽しかったし、何より自分の身体に価値があると思えたからです。「気持ち悪かった！」と話す亜希さんもまんざらではなさそうに見えました。

●中高年の疑似幼児を相手に幼児保育の訓練に取り組んだ私

異常実習で既婚オヤジ達の歪んだ性癖を叩き込まれた女

【告白者】山城みどり（仮名）／20歳（投稿当時）／専門学校生

私は20歳の専門学校生です。学校では保育の勉強をしています。将来はもちろん保育士さんになりたいと思っています。私は昔から子供が好きで、子供にかかわる仕事をしたいと思っていました。就学前の幼児は手がかかりますが、とても素直で可愛いし大好きです。もっと将来のことをいうと、保育士になったあとは、ステキな男性と結婚して良い妻、そして良い母親になりたいと思っています。

この話は、そんな私が卒業を前にしたときのことです。私が通う専門学校は卒業前に実施授業、つまり実習というのがあり、幼稚園や保育園に出向いて保育士をやることになっています。実習も卒業単位になっているのでかならず取り組まないといけません。

専門学校の先生方にいちばん聞かされていた問題は、思っていたのと違うということで保育士をあきらめる学生が多いということです。ただし私の場合は、本当に子供が好きなので、手に負えない状況になったとしてもきちんと対応できる自信がありました。

ちなみに今回私が行くのはこじんまりとした保育園とのことでした。私ともうひとりの同級生だけがその保育園に行きます。普通は、三、四人の学生がまとまって保育士実習に行くのですが、なぜか私が行くところは私を含めて学生ふたりだけ。私は決して成績が悪いほうではありませんでしたので、学校から軽い扱いをされているようで不満を感じました。

しかし、もしかしたら特別に手のかかる子供たちのいる保育園なのかもしれません。ということはつまり、私ともうひとりが見込まれて送り出されたということになります。学校の真意はわかりませんが、私は後者のように考えていました。

さて、当日をむかえました。いっしょに行くことになっている同級生と話したのは、これまで聞いたことがない保育園だったので、いったいどこにあるのだろうということでした。

「みなさん、おはようございます。今日はすこし特殊な保育園なので、山城くんと川北くんふたりは私と同行してもらいます」

事前の話では、学部長が私たちに同行してくれることになっていました。同行というか、私たちは場所を知らないので連れて行ってくれるということです。学部長がいうには、成績優秀の学生がいつも実習に選ばれるそうでした。たしかに嬉しくもありましたが、秘密裏にことが進んでいる気持ちもあり、一抹の不安もありました。

その不安が的中したのは、保育園に着いてからのことでした。私がイメージしていた保育園とは違い、その保育園は繁華街にほど近い雑居ビルのなかのワンフロアでした。おなじビル内には居酒屋やスナックが入っていましたから、こんな場所で保育される園児を気の毒だと思いました。

びっくりしたのは、どこにも看板の類いのものがなく、トビラに小さく〝ようこそ大人の保育園〟と書かれていただけでした。しかも、そのトビラは中が見えないタイプでして、まるで会員制のスナックのようです。

私たちふたりは、学部長に続いてトビラのなかに案内されました。すると、何ということでしょうか、そこにいたのは中高年のオジサンたち。小学校入学前の子供たちがいると聞かされていたのに、どういうことなのでしょう。私は何かの悪い冗談だと思いました。

「戸惑うのも無理はない。だけど、ここにいるのは姿はいいオヤジばかりだが、心は幼児といってもいい方々だ。いやむしろ幼児よりも幼児らしい振舞いの方もめずらしくない」

困惑する私たちに学部長は言います。なんでこんなことに。私は学部長に抗議をしようと思いました。

「ちょっと考えてみて欲しい。君たちふたりは子供が大好きと聞いてる。しかし好きという気持ちだけで保育士をやり続けるのはとても骨のおれることだ。ときに嫌になることもあるだろう。そんなときのために、この保育園での経験が役に立つと思って欲しい。君たちはうちの専門学校でとくに優秀なふたりだ。将来を期待されてもいる。ここの幼児たちをお世話したら、本物の幼児の世話なんてままごとだと思うはずだよ」

私は途中から頭がクラクラしていましたから、学部長の話をぜんぶ聞き取れませんでした。しかし、だいたいこのようなことを言ったと記憶しています。

私は「どうする?」という感じで、もうひとりの同級生を見ました。彼女は顔面蒼白でした。しかし、すぐに表情が引き締まり、もうやるしかないという顔を見せます。それで私も決意しました。大きな幼児として扱えばいいだろうと思ったのです。

相手は本物の幼児と違い、きちんと話ができる大人なので、とんでもない事態にはならないという気持ちもありました。

ところで、〝大人の保育園〟がどういう状況だったのか、いまいちど説明しますと、二十畳くらいの部屋に、おじさんたち五、六人がいます。ショッピングセンターとか自動車学校や病院とかに、小さい子供を遊ばせるスペースが設置されているのをよく見かけますが、部屋全体がそれと同じようなスペースです。

カラフルな床にカラフルな積み木や、三輪車が置かれています。オジサンたちは全員が幼児服。場に溶け込んでいる印象を受けました。いまの時刻は午前十時です。柱時計が十時を知らせるアラームを鳴らします。すると学部長が「さあ、みなさん。今日は新しい先生がふたりも来てくれましたよ！」とオジサンたちに向かって言いました。そして私たちふたりを紹介します。

私たちふたりは、事前に時間割を渡されており、それに従って保育をするように言われていました。午前十時はお遊戯の時間です。学部長は、私たちに任せたというような視線を送り、そのあと部屋の奥に退いてしまいました。

「授業でやったように子供たちを遊ばせてあげなさい」

部屋の奥から学部長が言います。私はもうなるようになれという気持ちでオジサンたちの前に立ちました。

「みなさん、今日はなににして遊ぼうか？」

「ダンス！」「かくれんぼ！」「くまさんゴッコ！」オジサンたちは口々に声をあげます。私は気色悪さに背筋が寒くなりました。しかし、大きな幼児と思い込み「いまはお遊戯の時間です。そちらのお姉さんもいっしょにみんなで踊りましょう」そう言うと、同級生に目配せをして全員で輪になります。

異様な光景でした。大きな幼児というよりは、高齢者介護の様相に近いです。また、大人とはいえ、幼児になりきってますから、私の言うことをちっとも聞きません。お遊戯にすぐ飽きてしまい床に座り込む大きな幼児が続出です。

「あれ？　みんなどうしたのかな？　疲れちゃったかな？」

私はそう演技しつつ、自分の頭がおかしくなりそうでした。

「先生とお昼寝したい！」「ボクも先生とお昼寝したい！」「ボクはお医者さんごっこ！」文字にすると幼児言葉なのですが、発しているのは中高年のオジサンですからひたすら野太い声です。私が戸惑っていると、大きな幼児のひとりがいきなり抱きついてきました。

「きゃあ！　何するんですか！」

私は倒され悲鳴をあげます。本物の幼児なら、私が倒されることはありませんが、相手は大人の男性です。私は必死に抵抗しようとしてもがきますが、オジサンが抱きついたまま離してくれません。そのうち、私の股間に顔を埋めてきました。

「先生のアソコ見たい！　先生のアソコ見たい！」抱きついたオジサンが叫ぶと、全員が大合唱します。私は気色悪さを通り越して恐怖を感じました。そして、背後から別のオジサンに押さえつけられてしまいます。

「先生！　マリオくんがボクのことイジメるんだ！」意味不明なことを叫び、私の服を脱がそうとしました。ほかのオジサンも私の身体に群がり、私はあっという間に下着姿にさせられました。そのあとで、私の服の取り合いがはじまります。さらに、「これは洗濯だ！」とまた別のオジサンが叫び、部屋の隅にあったバケツのなかに入れてしまいました。

私はもう限界だと思い、オジサンたちをなんとか振り払い、バケツに入れられた服を取りに行きました。服を着て帰るつもりでした。しかし、バケツには水が張られており、私の服はもうすでに水の底に沈んだ状態でした。

一方、同級生に目をやると、やはり私と同じく下着姿にさせられていました。さらにはブラもはぎ取られています。

「ちょっとアンタたち！　こんなことしていいと思ってるの！」

私は意を決して叫びました。相手は大人とはいえ幼児になりきっています。本気で怒れば悪ふざけを止めるはずだと思いました。というか本気で激怒したからです。直後、オジサンたちは水を打ったように静かになりました。さっきまでの楽しそうな笑顔が悲し気な表情に変わります。

「ごめんなさい先生！　でもボクたち先生に甘えたかったんだ！」

ひとりがそういうと、また私に抱きついてきました。そしてとうとうブラをはぎ取り、パンツも下ろそうとしています。結局、私が怒ったことは無意味でした。私はさらなる恐怖と絶望も感じました。そして私はパンツも脱がされて全裸にさせられます。両手と両脚を押さえつけられており、身動きできません。

「先生！　ボク先生のおっぱい飲みたい！」

ひとりがそう言うがはやいか、私の乳首を吸いはじめます。私は必死に抵抗しますがダメでした。さらに、もうひとりがもう片方の乳首に吸い付いてきます。オジサンたちは一心不乱に乳首に吸い付いています。私は、彼らが本当に幼児の心なのか、それとも装っているだけかわからなくなりました。

そのうち乳首が感じ始めてきます。オジサンたちもザワつきだしました。

「先生！　乳首がかたくなってる！　なんで？　ねえなんで？」

私は感じているのがバレないよう気を紛らわせるようにします。そして同級生のほうを見ました。彼女もやはり全裸にされており、乳首を吸われているのですが、オジサンのひとりを赤ちゃん抱っこで支えています。私は見てはいけないものを見てしまった気になり、すぐに目を逸らしました。彼女がこの異様な世界に適応しているように見えて絶望はさらに大きくなります。

「先生！　これなあに？」

股間がチクチクすると思ったら、オジサンのひとりが私の陰毛を引っ張っていました。さらに口に含んでいます。その間にも、乳首をずっと吸われ続けています。

「あれ？　先生のアソコからお汁が出てきてる！」

「ウソいうな！　先生はそんなことしないんだぞ！」

大きな幼児たちがまた騒ぎはじめます。私はオジサンたちの前で脚を大きく拡げられマ○コをまじまじと見られていました。本物の幼児でも恥ずかしいのにオジサンたちですから恥ずかしさはハンパありません。そのうち、オジサンのひとりがパンツをおろしてチ○チンを丸出しにしたのです。

「ボク知ってる。こうすると気持ちいいんだって」

そしてマ○コにチ○チンを入れようとします。オジサンのチ○チンは、もちろん年相応のそれです。もうフルボッキしています。

「あんたたち！　いつまでヘンな芝居続けるつもりなの！」

私はヤケクソになり叫びました。「鈴木さん？　お姉さん本気で怒っちゃったよ」「だってさあ、幼児になりきればOKっていわれてたんだぜ」オジサンたちが小声で話し始めます。乳首を吸っていたオジサンは、乳首から口を離しました。

そしてオジサンたちが円陣になり神妙な表情で顔をつき合わせています。私と同級生の女の子は、全裸状態で置いてけぼりをくらったみたいな気持ちでした。

「ねえ、お姉さん。オレたちは全員既婚者で子供もいるんだけど、可愛らしい女性にあやして欲しいっていう性癖持ってるんだよ」

オジサンのひとりが私に主張します。こういうイメージプレイというのは、お互いに連係しあって成し遂げるものです。なのに、オジサンたちだけが暴走しても上手くいくわけがありません。「もしも妻に幼児プレイがしたいなんていったらどんなことになるか考えただけでも恐ろしい」「うちなんて確実に家庭崩壊だよ」「今日は思い切り甘えられるって言われてきたのになあ」「仕方ない……解散するか」オジサンたちは落胆していました。そしていそいそと部屋の隅に集まり、各自幼児服を脱いで、片づけようとしていました。このとき学部長はもう部屋にはいませんでした。たぶん学校に戻ったのでしょう。

私は、もう終わるんだと思ってホッとします。しかし、着て帰る服はバケツに沈んだままです。私は途方に暮れました。

「お嬢さん、いま連絡したら、代わりの服を学部長が持ってきてくれるそうだよ。学校のジャージらしいけど」

私はオジサンのひとりからそう言われ、とりあえず安心します。それまでは下着姿で待つことになりますが。

オジサンたちのやったことはセクハラの範疇を超えていますが、このときは問題視しようとは思いませんでした。

「お姉さん、最後にひとつお願いがあるんだが、膝枕してくれないだろうか？」

私がおもちゃのイスに座って学部長を待っていると、オジサン複数が懇願してきました。どうする？　みたいな感じで私がいっしょに来た同級生を見ると、彼女は神妙な表情でした。

「お願いだ。最後のお願いだ。このとおり！」

そう言ってひとりのオジサンが頭を深々と下げたのです。土下座しそうな勢いにも見えました。頭頂部が薄くなっているのが目に入ります。私は、オジサンたちが哀れになり、数分ならということでOKしてあげました。このときの私の気持ちはいまでもわかりません。異様な世界観に毒されていたのかもしれません。

「先生！　あんたは女神だ。あんたのような人を待ってたんだよ」

大げさなリアクションで全員が歓喜しています。昭和オヤジ的なわかりやすい反応にすこし感動もありました。

そして私は正座します。その太もものうえに、オジサンたちがひとりひとり頭を置いて膝枕の開始です。オジサンたちの独自ルールで、ひとり三分でした。頭を置くやいなや目を閉じて静かにしているオジサンや「先生の近くはいい匂いがする」とキモいことをいうオジサンもいて、再び幼児モードになっていました。

そして三番目のオジサンでしたか、「先生、ここがパンパンなの。病気なのかな?」と私の太ももに頭を置きながら、股間のふくらみを指さします。

私は、もう最後だから世界観に没入してあげようと思い「それはおとなになるっていうことなんだよ」と話しかけました。オジサンが調子づくのはわかってたのですが、このとき私は、慕われることに対して気分を良くしていました。

「あら? イケない子ね。こんなに大きくしちゃって」

そう言うと私は、オジサンの股間をパンツ越しに手のひらでつかみ、グリグリと動かします。するとオジサンは「あああ! きた!」と全身をビクビクさせています。股間から手を離すとビクビクが止まり、また手を添えるとビクビクがはじまります。私はそんなやり取りが滑稽で面白く、つい何度も繰り返します。

私はもっとイタズラしてやろうと思い、オジサンのパンツを下ろし、チ○チンを取り出しました。「おお～」それを見ていたほかのオジサンたちから歓声があがります。

「先生! ケンジくんだけズルいよ!」不満を言うオジサンもいます。

「みなさん！　私がひとりひとり気持ちよくしてげますからね。ケンカしないの。いいわね！」

保育士さん気取りで私が言うと、全員が「はーい！」といっておとなしくなりました。

そして私は、オジサンのチ○チンを手コキします。三番目のオジサンは、比較的すぐにボッキしました。仮性包茎だったので、皮を剥くと濃厚な臭いが漂ってきました。

しかし、このときの私は異常な世界観に入り込んでいましたから、気持ち悪いという気持ちよりも、臭いにおいを除去してあげなくてはという思いのほうが強かったです。

「みなさん！　オチ○チンが臭いお友達は先生がいい匂いにしてあげますからね」

私はそう宣言すると、オジサンのチ○チンを咥えました。半ボッキだったチ○チンがみるみる大きくなります。

「先生？　これなにしてるの？」

「これはねえ、おしゃぶりっていうのよ。気持ち良い？」

「すごく気持ち良い！」

そんなやり取りのあと、オジサンは足先をピンと伸ばします。射精が近いようでした。「チ○チンおかしい、チ○チンおかしい、助けて先生！」そう叫ぶと、オジサンは私の口のなかに精液を発射していました。これまで彼氏の精液を口内で受け止めたことがあるんですが、オジサンの精液の最初の感想は加齢臭でした。ただ、私が口を離すと、包茎チ○チンの臭さは消えていました。

私は口内の精液をティッシュに出して次のオジサンを膝枕します。「先生、ボクもチ○チンおかしくなりたい！」オジサンたちはまた騒ぎはじめます。

「おとなしく待ってなさい！　騒ぐ子はチ○チンいじり無しで帰ってもらいますからね」

私が釘をさすとオジサンたちは静かになりました。なかには涙目になっているオジサンもいます。そして私はひとりひとり手コキとおしゃぶりを繰り返します。

ところで私はずっとファストフードでアルバイトをしています。そこの店長が、いま目の前にいるオジサンたちと同年代です。店長はとても厳しく、些細なことでバイトを叱ってくるので、私などは何度半泣きになったかわかりません。

それがどうでしょう。いまは店長と同年代のオジサンが私のような20歳そこそこの小娘の言うことを素直に聞いています。私はオジサンたちに対して優越感も持ちました。おそらくバイト先の店長も、性癖をこじらして、異様な世界に足を踏み入れているに違いない。そう思うと、私は愉快でたまりませんでした。

最初、膝枕だけで終わったふたりを手コキ&おしゃぶりして膝枕タイムは終わりました。全員で六人ものチ○チンを相手しましたから正直疲れました。

「じゃあ、みんな。最後に挨拶して帰りなさい！」

最後のひとりの精液を口から吐き出して、私は言います。

「はーい！」全員が大きな返事をして帰り支度をはじめました。

「先生、さようなら」ひとりひとりが私にお辞儀をして部屋を出ていきます。そして全員が部屋を去り、私だけが残されました。このときはじめて気が付いたのですが、いっしょに来た同級生の女の子はもうすでに姿がありませんでした。

私は疲労感があり、しばらく座って休みます。するとそこに大きな幼児のオジサンのひとりが戻ってきました。

「お嬢さん、今日は本当にありがとう。これは今日の実習手当。というかみんなの気持ちです」

そう言って袋を手渡してきます。私はいちどは断りましたが、オジサンたちの気持ちがおさまらないと言われ結局受け取りました。なかには私のひと月分のバイト代くらいの大金が入っていました。

「オヤジ連中はみんな女性に甘えたいんだけど、現実にはなかなかできなくてね。カミさんにお願いするわけにもいかないしね。それでこういうところに来ては、ストレスを発散してるんだよ。みんな外ではそれなりの社会的地位がある普通の中高年なんだ。本音はまたお嬢さんに来てほしいけど、そうもいかないよね。もうすぐに学部長が来るから」

オジサンはそう言うと、また部屋から出ていきました。

私にとっても本当に貴重な体験でした。最初は子どもたちと上手く接することができるのかという不安が大きかったですが、終わってみると、オジサン連中の悲哀を感じてしまいました。思えば、私はここ数年、父親とまともに話をした記憶がありません。私の父親は会社員で中間管理職ですが、日々のストレスをどうやって発散しているのか気になりました。それと同時に、父親に対してもっと優しくしてあげようという気持ちも芽生えていました。

●巨乳若妻が臭い精液を胸の谷間に浴びせられて気絶寸前！

正体不明の「爪オジサン」に屈辱の強制パイズリ！

【告白者】最上和歌子（仮名）／30歳（投稿当時）／専業主婦

私は30歳の専業主婦です。夫とは七年前に結婚して、今年5歳になる男の子がひとりいます。将来は自分たちの一軒家を持ちたいと思っていて、節約に勤しんでいます。だからいまは狭いアパート暮らしです。息子が小学校にあがれば、私はパートかアルバイトに出ようと思っていました。

夫は仕事がとても忙しく、毎日朝早く出かけて行き、帰りは深夜です。また休みも不定期です。息子と接する時間が少ないため、そのぶん私が息子といっしょにいて、息子と遊び、息子が行きたいところへはできるだけ連れて行ってあげようと心がけている毎日でした。

そんなある日、息子がアパートの窓から見える公園で、凧あげをしている子どもたちを見つけます。最近の子どもたちは自宅でゲームをすることが多いようですから、外で凧あげなんてとんと見かけなくなりました。私も見たのは久し振りです。

息子ははじめて目にする凧あげに興味津々でした。そして息子に促されて、ふたりで公園に行きました。あとで知ったのですが、子どもたちがあげているのはゲイラカイトという凧でした。息子は自分も凧あげをしたいと、私におねだりしてきます。

小学四年生くらいでしょうか、私は、ゲイラカイトを上げるふたり組の男の子にお願いして、すこしの間、息子にタコ糸を持たせてもらいました。といっても息子はまだ5歳です。うっかり手を放してしまい、ゲイラカイトが飛んで行ってしまっては困ります。

そのため、私が息子の手を握り、いっしょにタコ糸を持ちました。持った瞬間、手を持っていかれそうなほどの勢いでした。思えば、私自身、凧あげをしたのは初めての経験かもしれません。私の感想は、意外と面白い！　でした。息子もとても喜び空高くあがったゲイラカイトを見ています。

「おばさん！　凧あげ興味あるなら、あのオジサンが教えてくれるよ。凧も貸してくれるし。凧オジサンっていうんだ」

凧を貸してくれた男の子が、私にそう言います。男の子が指差したほうを見ると、そこにはリヤカーを引いているひとりのオジサンがいました。

「オジサン！　このおばさんが爪あげしたいんだって！」

リヤカーを引いているオジサンの姿を見て、声をかけようかどうか躊躇していました。ホームレスにしか見えなかったからです。

ところが、男の子が大声でオジサンのことを呼んだため、私は仕方なく会釈をします。すると、オジサンがニコニコしながら私たちのほうへ近づいてきました。リアカーには古いオーブントースターやイスとかテーブルなど、ガラクタのようにしか見えないものが積まれていました。よく見ると、たしかに端っこのほうに爪がいくつか乗せられています。

私がリヤカーのなかをじろじろと見ているあいだ、爪オジサンはニコニコしながら私のほうを眺めています。

「なんや！　姉ちゃん。爪あげ興味あるんか？　わしが教えたるで！」

爪オジサンは年齢70歳くらいでしょうか。オジサンというよりは、おじいさんといったほうがしっくりくる風貌でし。そしてオジサンから見れば、30歳そこそこの私は、〝姉ちゃん〟だったのかもしれません。

というか、それよりも私は、オジサンの乱暴な関西なまりが気になっていました。

「この子が凧あげをしたいっていうもので……」

「弟が凧あげしたいんか？　よし！　まかしとき。わしが手取り足取り教えたるで」

息子のことを、歳の離れた弟だと思っているようでしたが、訂正するのもエネルギーを使うと思いましたし、それよりも、用事を思い出したことにしてもう帰ろうと思っていました。それくらい、私は凧オジサンに嫌悪感を抱いていました。

それに、短時間でしたが息子も凧あげを楽しみましたし。

「ねえママ、あの凧見たい！」

ところが、息子がリヤカーのなかにあった和凧を指さします。ゲイラカイトとは違い、歌舞伎絵が描かれたものが、息子の興味を引いたようです。

最初に書きましたように、父親との接触が少ない息子を不憫に思っていた私は、できるだけ息子のやりたいようにさせていました。

そのため、わがままになったきらいはあります。息子はいちど言い出すと、なかなかあきらめず、次第にダダをこねるようになりました。

「今日はおじちゃん忙しいから、今度にしようね」

私が小声でそういってもぜんぜん言うことを聞きません。

「おい、ぼうず！　あの凧見たいんか？　いま持ってくるから待っとけ」

凧オジサンはそういうと、リアカーの荷台から持ってきた和凧を息子に渡しました。

息子はキラキラして目をそれを見つめています。

「上げてみたいか？」

「うん！」

息子がふたつ返事でこたえたとき、私はその場から立ち去るのをあきらめ、息子とともに和凧をあげようと決意しました。なにより、息子がそうしたいと言っているのですから。

そして凧オジサンは、息子が凧を眺めるのを満足したころを見はからい、息子の手から凧を取り、それをあげようとします。洋凧にくらべて和凧はあがりにくい。そのくらいの知識は私にありましたが、驚いたことに、凧オジサンの手にかかると、ほんの数秒でゲイラカイトと同じくらいの高さにあがっていきます。

喜んだのは息子です。やがて凧オジサンは息子に凧ヒモを持たせて、自分は隣でニヤニヤしながら見ています。

「凧が風に飛ばされてしまったりしませんか？」

息子の非力な手で持っているだけなので、心配になった私が聞くと「いまちょうど平衡状態やから大丈夫や。心配せんでええ」と空高くあがった凧を見ながら言います。

「それより、今度、凧あげ大会があるんや。ぼうず、出てみんか？」

「うん、ぼくいろいろやりたい！」

息子は意味がわかってなさそうでしたが、元気のいい返事を返します。

「それなら、明日にでもここの公園にまたきいな。手続きもあるしなあ」

凧オジサンは、私に向かってそういうと、息子が凧ヒモを持つ様子を楽し気に眺めています。

「手続きだけやから、お姉ちゃんだけでええで。ぼうずは家でテレビ見とったらええがな」

それから息子は、しばらく凧あげを楽しんでいました。怪しげな凧オジサンと関わり合いになりたくない一方で、息子のとても楽しそうな様子を見て複雑な気持ちを抱えていました。

そのあと私は息子を連れて自宅アパートに戻りました。息子はまだ凧あげしたそうでしたが、空に雲が拡がってきて、凧が安定さを失ってしまい、息子の力では凧をコントロールできなくなったからです。

「ぼうず、今度は大会にきな。楽しいで！」

息子は名残惜しそうに凧オジサンにうなずきます。

「ママ？　大会ってなに？」

アパートに帰った私は、息子から何度も同じことを聞かれて、「さっきの公園でみんなで凧をあげる」的なことを話します。そうすると、息子はいてもたってもたまらず、「いつ？」「ぼくもやりたい！」と大興奮。この日は眠ってしまうまで、ずっと凧の話をしていました。

翌日、私は例の公園に行きました。凧オジサンに言われたわけではありませんが、息子用に凧を貸してもらいたい、できればゆずってもらいたいと思っていたからです。

いま思うと、インターネットで専門店を調べて、そこで買えばよかったです。しかし、「あの凧がいい！」と息子がしきりにいうものですから、凧オジサンのところにふたたび行ったわけです。

この日、息子は保育園でした。午前十時。いまごろは、保育園の先生に凧の話をしているのかもしれません。

私が公園におとずれると、ほどなくして凧オジサンが姿をあらわしました。

「おや？　姉ちゃん、来てくれたんか。感心感心。さっそくこっちへ来てくれや」

凧オジサンは、昨日とまったく同じ服装でした。そして私を公園の隅に誘導すると、倉庫の前で立ち止まります。

「このなかに、いろいろな凧が置いてあってな」

そう言って倉庫のカギを開けました。なんでも、普段は市から任され公園の整備をやっているそうで、この日も、午後は清掃作業があるとのことでした。

「ほら！　あそこにぼうずが好きそうな凧があるやろ？」

凧オジサンが指さしますが、倉庫のなかは薄暗くて私には見えません。

「あ！　何を！」

次の瞬間、私は腕を捕まれて、倉庫内に引きずりこまれました。そして凧オジサンは倉庫の内側のカンヌキを通し、さらに南京錠をかけて外に出られないようにします。

「何するんですか！　開けてください！」

「姉ちゃん、昨日見たときから、たまらんかったんや。いっかいだけでいいからオメコさせてくれや」

爪オジサンは力任せに私を押し倒して、服を脱がそうとします。

「ちょっと！　人を呼びますよ！　やめてください！」

「姉ちゃんのデカいおっぱいが悪いんや。それに、倉庫のカベが厚いから、叫んでも外には聞こえんで」

いくら高齢の男性とはいえ、力では敵わず、私はみるみるうちにブラウスを脱がされ、上半身ブラだけの姿にされました。

爪オジサンが胸の谷間に顔を埋めてきます。突然、呼吸が荒くなり、谷間の匂いを満喫しているようでした。

たしかに私はバストが大きく、同性からは羨ましがられ、男性からのスケベな視線を感じることもしばしばでした。しかし、結婚後、とくに息子が生まれてからは、男性からの視線を感じる機会はかなり減っていたので油断していました。

思えば昨日、爪オジサンは私の胸のあたりをじっとりと見ていたような気がします。

爪オジサンは爪あげに興味のある息子よりも、私のほうに興味津々だったわけです。

「とにかく、あんたが悪いんやで。大きな胸を見ると、わしは見境がなくなるんや」

「ちょっと待ってください！」

私は必死に抵抗を試みます。

「頼むで！　悪いようにはせえへん。弟にも爪あげやらしたる」

「ほんとに息子、いや弟が大会に出れるんですね？」

私はあえて息子が弟だという、爪オジサンの思い込みを訂正せず話をします。本当のこと、私が主婦ということを話すとヘンに刺激するのではないかと思ったからです。

「もちろんや。わしが全面サポートするで。児童の部で優勝間違いなしや！」

ホームレスみたいな爪オジサンに抱かれるのは絶対にイヤです。かといって、息子の爪あげをサポートしてあげたい気持ちはあります。私はいい方法はないものかと考えた結果、あることを思いつきました。

「オジサン、おっぱいで挟んであげましょうか？」

「え？　ええんかいな？」

爪オジサンは驚きながらも慌ててズボンとパンツを下ろします。

セックスは絶対に拒否したいけど、パイズリくらいならやってもいいかと思ったのです。パイズリで射精させたら、きっと爪オジサンはおとなしくなり、倉庫のカギを開けてくれるに違いないとも思いました。

「オジサン？　パイスリやられたことありますか？」

私は屍オジサンから身体を離してブラを外そうとしました。

「いや、ないで。初めてや。だからもうこんなビンビンや」

しかし、私が見たところ半ボッキがいいところでした。70歳近い年齢なら仕方ありません。それよりも私が気になったのは、チ○チンの強烈な臭いです。そんなパイズリするとなると、チ○チンの先端が私の顔の近くに来てしまいます。そんな状態でしばらく強烈な臭いを嗅ぐことはガマンできません。

「ちょっと、チ○チン臭いです。このままだと私、できないわ！」

私の強気な態度に屍オジサンは怯んだのか、あたふたし始めました。

「そうなんか……。それなら、あそこにウエットティッシュがあるで」

そう言うと、屍オジサンは倉庫の棚に置かれていたウエットティッシュを取り、自分でチ○チンを拭きはじめます。

「ねえオジサン、私がキレイにしてあげるよ」

屍オジサンのいい加減な拭き方では臭いは取れないと思った私は、自分でウエットティッシュを何枚か取り、チ○チンの先端から根元まで丁寧に拭きます。

バラの香りが入ったウエットティッシュだったこともあって、しばらくすると爪オジサンのチ○チンは、いい香りが漂うようになってきました。

「女の人と関係持ったのはいつ以来なんですか？」

私は念入りにチ○チンを拭きながらたずねます。

「そうやなあ。まだ大阪にいた頃やから、三十年くらい前ちゃうかな」

そんな世間話をしながら、私は左右両方のおっぱいでチ○チンをはさもうとします。

「ちょっと待ってな、姉ちゃん。その前に、大きなおっぱい吸ってみたいんや」

私は焦ります。

「おっぱい吸ってる間に、チ○チンが小さくなると大変だから」

私は意味不明な理由で吸われるのを拒否しました。爪オジサンの臭い息がおっぱいにかかって気持ち悪くなると思ったし、汚い舌がおっぱいを這うのはガマンできません。

爪オジサンは私に従い「それもそうやな」と言って、おとなしくしたままでした。

やがて私はチ○チンを胸の谷間でシコシコとしごき始めました。相変わらず、半ボッキのチ○チンでしたが、爪オジサンはとても気持ちよさそうにしています。

「姉ちゃんのおっぱいは温かいなあ。ほんま感激やで」

私はこれまで何度もパイスリをしたことがあります。おっぱいが大きいので、付き合った彼氏がみなパイスリを希望するからです。だから、パイズリは多少慣れていましたが、パイズリしたからといって私のほうはたいして気持ちよくありません。

目の前にあるのが、好きな相手のチ〇チンならばまだしも、爪オジサンの臭いチ〇チンです。それに、はじめはバラの香りがしていましたが、ガマン汁が出てくるにつれてふたたび臭いが気になるようになりました。

これ以上ガマン汁が多くなり、さらに臭くなるのはごめんだと思った私は、はやく射精させようとして、おっぱいを動かす速度をあげます。すると、半ボッキだったチ〇チンが、どんどんと大きさを増してフルボッキ状態になりました。

もうすこしで射精するかも。そう思って擦るスピードをますますあげていきます。

「もう出そうですか？」

爪オジサンは私の問いには答えずに、顔を天井に向けて集中しています。もうそろそろ射精することを確信した私でしたが、そのあと爪オジサンが信じられないことを言いました。

「ああ！　もう出そうや！　なあ姉ちゃん、口のなかに出してええか？」

爫オジサンの汚い精液を、口のなかに出されたらたまりません。

「だめよ！　このままで出して！」

私は口内発射を拒否して、さらにシコシコと擦り続けました。

「わかった。それなら、顔に出すのはどうや？　頼む！」

突然、爫オジサンは私のおっぱいからチ○チンを離して懇願します。

「もしも、顔に出させてくれたら、あそこにある和爫、ぜんぶ弟にやるで！」

倉庫の隅に、和爫が五個くらい保管されていました。和爫が五個もあれば息子が大喜びするのは間違いありません。しかし、顔射は抵抗があります。なんといっても爫オジサンの臭い精液です。

直後、私の頭のなかに息子の笑顔が浮かんできました。ちょっとの間、ガマンすれば和爫が手に入る。そう思った私は決意します。

「髪の毛に飛ばさないでくださいね。だったらいいわよ！」

「そうか！　それなら、自分でしごくからチ○チン見とってや！」

爫オジサンは意気揚々という雰囲気でチ○チンをしごきます。私は何度もチ○チンから目を逸らそうとしましたが、その都度、「ちゃんと見とってや！」と爫オジサンが大声をあげます。

さっきよりもガマン汁の量が多くなっていました。チ〇チンの先に溜まり、その一部が床に滴り落ちています。

醜悪なものを見せられた私は、なんども顔をしかめましたが、凧オジサンはまったく気にならない様子でチ〇チンをしごいていました。

「くわっ！　もう出そうや！　ほれ姉ちゃん、顔をこっち向けるんや！」

そして数秒後、精液の塊が私の顔面に飛んできました。私は思わず目を閉じます。瞼の上と頬に精液が飛んできたことが感覚でわかりました。第一射のあと、第二射が私の手に滴り落ちてきます。

私は一刻もはやくその場から逃げ出したくなり、立ち上がろうとしました。

「まだや！　もうちょっと頼むで！」

凧オジサンは私の顔を押さえつけて、チ〇チンを擦りつけます。気色悪さと臭さで頭がクラクラしてきました。精液が飛び散っていないほうの瞼は開くことができそうでしたが、瞼を拡げると、眼のなかに精液の臭気が入り込んできそうです。

「オジサン、ティッシュ！　はやく！」

私は凧オジサンにウエットティッシュを取ってくれとお願いします。しかし、直後、私の手に生温かい感触が。凧オジサンはウエットティッシュの代わりに精液まみれのチ〇チンを握らせたのです。

「きゃああ！」

私は悲鳴をあげて後ずさり。思い切って精液が飛び散っていないほうの目を開けて、ウエットティッシュを取りに行きました。そして数枚取ると、まずは自分の顔を拭き、そのあと数枚を凧オジサンに投げつけました。

「ありがとな、姉ちゃん。ほんま気持ちよかったで。自分でシコシコしてこんな良かったんは初めてやないかな」

私はとにかくはやく立ち去りたくて、そそくさとブラを付けて服を着ました。

「満足でしょ！　そこはやく開けてよ！」

すごい剣幕で訴えると、凧オジサンは南京錠を外してカンヌキも取ってくれました。

バラの香りがしみ込んだウエットティッシュで何度顔を拭いても、精液の臭さが取れません。シャワーで何度か洗うしかないと思った私は、とにかくはやくアパートに戻りたかったです。そして私は倉庫から一目散に出て行こうします。

「おい、姉ちゃん、待ちいな。凧持っていかんかい！」

そう言って凧オジサンは、例の和凧を渡してくれました。

「大会は来週の日曜日や。この凧はあげるのがちょっと難しいからな。わしがサポートするで。それから、大会までは毎日、ここで凧あげてるから、また来いな。もちろん弟も連れてな」

私は凧オジサンには答えずに、凧を受け取り、そそくさと倉庫を出てアパートに帰りました。全身に臭い精液がまとわりついているようで気持ち悪く、なんども立ち眩みしそうになりながら、やっとのことでアパートに帰りました。

そしてシャワーを浴びてひと息ついたあとで、保育園に息子を迎えに行きました。

「凧、もらってきてくれたの！　嬉しい！　ママありがとう！」

大喜びの息子とともにアパートに戻り、さっそく凧を見せてあげました。

「うわ！　かっこいい。五つも！　ねえママ、これから上げにいってもいい？」

私はかなり疲れていましたが、息子の笑顔を見て嬉しくなり、和凧をひとつ持っていっしょに公園に行きました。

公園には案の定、凧オジサンがいて、草むしりに勤しんでいます。

「おう！　ぼうず。もう凧持って来たんか。でもなあ、悪いけどわしいま仕事中なんや。姉ちゃんにやってもらってや」

凧オジサンは私たちを見つけるとすぐに嬉しそうに話しかけてきます。

凧オジサンに言われたように、私は見よう見まねで和凧をあげました。凧が空にあがっていく途中で、水滴のようなものが落ちてきます。

「ママ、これ何？　なんか臭いね」

息子の手に落ちてきた水滴は、凧オジサンの精液でした。倉庫から運んでくるとき私のどこかに付着していた精液が付いたのでしょう。ぜんぶきれいに拭き取ったはずなのにと後悔しました。

「ママ見て！　高く上がってくよ！」

息子が言うように、たしかに前日よりも高くあがっています。

「その凧はわしのお気に入りのやつでな。すごく高くあがるんや。大会でもそれをあげたらええよ！」

凧オジサンが草むしりの手をとめて息子に言います。私は精液がすこし付いた凧を憎々し気に眺めていました。

●夫婦で合同キャンプに参加の人妻が夜の大乱交で覚醒

キャンプの夜はスワッピングで盛り上がり公開セックス

【告白者】糸川美知子（仮名）／33歳（投稿当時）／専業主婦

私は33歳の人妻です。学生時代からつきあっていた夫と結婚して五年目。結婚して三年間は子づくりに励んでいました。しかし、なかなか子宝に恵まれず、そうしているうちに夫がEDになってしまい、ここ二年はずっとセックスレスの状態です。

夫がいうには、子づくりセックスがプレッシャーとなっていたのと、ほかのストレスも重なったということでした。私はそんな夫の様子を他人事のように淡々と受けとめていましたから、それも良くなかったのかもしれません。

そしていまは会話もあまりなくなってしまいました。離婚という話こそ出ていませんが、家庭内別居に近い心理状態だと思います。私は夫のことは嫌いではありませんから、またもとの関係に戻りたいと思ってはいました。

そんなある日のことでした。私は学生時代の友人の真純からキャンプの誘いを受けます。夫と私は学生時代から付き合っていましたので、その友人も夫のことは知っています。友人がいうには、複数の夫婦が参加する合同キャンプで、都心から離れた川の上流にいくということでしたが、テントをはったり、火をおこしたりと面倒なことはなく、キャンプ場に備え付けのガスコンロで調理して、夜はそれぞれ、テントではなく小さめのバンガローが割り当てられているとのことでした。

厳密にいうとキャンプではなく、川のそばの宿泊施設を利用するということです。私はとても興味を惹かれます。キャンプをきっかけに夫との関係が好転すればいいとも思いました。私はもちろん行くつもりでしたので、その夜、夫に話をしますと、夫も乗り気でした。最近は会社と自宅の往復ばかりだったこともあったのでしょう、ふたつ返事でOKしてくれました。

そしてキャンプの当日、私たち夫婦は目的地まで車で向かいました。目的地へは車で約二時間。都心からそこまで離れてはいないのに、ビルひとつない大自然のなかです。私たち夫婦は車のなかでテンションがあがり、いつになく会話が弾みます。そして到着すると、誘ってくれた真純とその旦那さんが出迎えてくれました。川の近くに設置されたキャンプ場はとても賑わっていて、人気ぶりがうかがえます。私たちは挨拶もそこそこに川原でバーベキューにとりかかります。

「それにしても美知子が、糸川くんと結婚するとは思わなかったなあ」

「真純はずっと独身を貫くって思ってたんだけど……」

そんな世間話をしながら、私たち夫婦と、真純夫婦はいっしょに野菜を切ったり肉を串に刺したりしました。数分後、私たちと同じくアラサーの夫婦が私たちのバーベキューに加わります。門田さんという名前でした。初めて会った夫婦たちが気軽な感じで親しくなれるという意味でも、私は来て正解だったと思いました。

ほかの参加者は、川で釣りをしたり、ボール遊びをしたりしています。夫を見ると終始機嫌が良さそうで笑顔です。夫の笑顔を久し振りに見た気がします。バーベキューがひととおり終わったあとは、片付けてから夫婦ごとに別れ周囲を散策しました。楽しい時間はあっという間に過ぎていき、気付くともう夕方です。山の日暮れははやいので夕方五時には薄暗くなっていました。

私たち三組の夫婦は、それぞれ予約していたバンガローで夜を過ごすことになっていたのですが、まだ眠るにははやいため、あとで加わったアラサー夫婦のバンガローに三組六人で入り、ちょっとした飲み会をすることにしました。

バンガローのなかは六畳ほどの広さなので、六人が入ると窮屈です。しかし距離が近く、より親密さが増すことも事実でした。やがてみんないい気分で酔っ払いはじめ、怖い話やスケベな話に花が咲きます。私は学生時代の修学旅行を思い出して本当にいい気分でした。

「みなさん！　僕からちょっと提案があるんですが！」

夜の十時。酔いもかなりまわってきて、もうそろそろ自分たちのバンガローに帰ろうかというとき、門田さんの旦那さんが宣言するかのようにいいました。

なんだろうと思っていると、それぞれの夫婦がパートナーを変えて三十分だけバンガローで過ごすという提案でした。酔っていた私は、ついついエッチな想像をしてしまったのですが、言い出しっぺの門田さんにそんな意図はなく、キャンプの記念にとのことでした。

たぶんみんないい感じで酔っ払っていたからだと思います。誰も反対する者はなく、数分後にはカップルを決めるくじ引きをやっていた始末です。結果、私は門田さんの旦那さんとペアに。私の夫は真純とペア。そして真純の旦那さんは門田さんの奥さんとペアです。

そして私は、門田さんの旦那さんと、門田さんが予約していたバンガローに残りました。ほかの男女もそれぞれのバンガローに別れていきます。

他人の男性と、六畳のスペースでふたりきり。私は急速に酔いがさめるのを感じ、やがて恥ずかしくなってきます。そして饒舌にもなりました。気付くと、夫との出会いについて、聞かれてもいないのに話していました。

「そうですか。こんな元気で明るい奥さんだと、糸川さんの旦那さんは羨ましいなあ」

門田さんは何度もそういって私をじろじろと見ています。私は、男性の興味の対象になっていることを自覚したのは本当に久し振りのことでした。正直なところ、嫌悪感よりも嬉しさのほうが勝っていました。三十分というルールだったけど、ひと晩いっしょにいたら間違いをおかしてしまうという確信もありました。

「奥さん、もっと近くで顔を見せてください」

門田さんはそういうと、私の顔のすぐ近くに顔を寄せてきました。そしてしばし凝視。

「ちょっと！　ダメです」

私は全身がゾワゾワする感覚があり、それ以上凝視されるのを拒みます。

「ねえ奥さん、火遊び興味あるでしょ？」

門田さんは私の手を握りました。私はクラクラしてきますが、「主人を裏切ることはできません」といって手を払いのけます。

「ご主人もきっといいことしてますよ。けっこう親密な雰囲気でしたから」

真純と夫のことです。しかし私は「私と夫と、真純は学生時代からの友人なんです」と否定しました。

「だったらなおさらだ。どうです？　見にいってみませんか？」

門田さんは、真純と夫がいるバンガローに行こうと誘います。そろそろ三十分が経とうとしていました。私は、いまの状況から抜け出せるならと思い、門田さんの提案に従い、真純と夫がいるバンガローに向かいました。

私と門田さんがバンガローに入ると、驚愕の風景が拡がっていたのです。真純と夫がひとつのソファーに座り密着。そして別のソファーには、真純の旦那さんと門田さんの奥さんが抱き合っています。最初は部屋の照明が薄暗くなっていて、それらは見えなかったのですが、なにせ狭い部屋のなかです。複数の人間の息づかいを感じ、目をこらしてみると、信じられない光景が展開されていたというわけです。

「なんだ、みなさんお集まりだったのか。それじゃ、私たちも楽しみましょうか？」

門田さんはそういって、私を部屋の中央に連れて行き抱きついてきました。

私は気が動転しており、されるがままです。部屋のすぐそばでは夫が真純と抱き合っていて、背後では門田さんの奥さんと、真純の旦那さんがディープキスをしています。みんな、私のことなど目に入っていないほど自身の行為に集中しているようでした。そのうち、門田さんが私を押し倒して覆いかぶさってきました。

私は夫のほうをチラ見しましたが、夫は真純のパンツを脱がそうとしているところです。私は、もうどうでもいいという気持ちになり、身体をあずけます。そこから先は記憶が断片的です。夫と真純が抱き合っている姿を見た衝撃や、いま自分がスワッピングの現場にいるという衝撃で、まともに頭が働いてなかったと思います。

「奥さん、ちょっと舐めただけでマ〇コがビショビショだ。こんなビンカンなマ〇コなら、ご主人はこれまでさぞかしいい思いをしてきたんでしょうね」

私は恥ずかしさと気持ちよさで頭のなかが真っ白になりました。たしかにマ〇コがとろけてしまうような感覚が続いていました。そのうち私は、身体がビクビクと激しく動くのを自覚しました。ビクビクするのは自分では抑えられない動きでした。それと同時に、門田さんの指が膣内の奥に突き入れられたのがわかりました。そして激しくかき回されます。

「すごい気持ちいいです！　ああ！　マ○コからなにか出ちゃいそう！」

直後、急にマ○コが締め付けられるような感覚があり、私が自分の股間をみると失禁の最中でした。

吹き上がったおしっこの放物線を私の目がはっきりと捉えます。恥ずかし過ぎて逃げ出したい気持ちに襲われますが、自分で失禁を止めることはできません。やがて股間全体がじわじわ濡れてきて、同時に温かくなりました。

「奥さん、最高でした。クンニのお礼がアクメと潮のご褒美とはほんとにステキな方だ。ますますご主人が羨ましい」

直後、門田さんはなんの躊躇もなく、ビチョビチョになっているマ○コをまた舐めはじめます。私はもう訳がわからないほど感じてしまい、大きな声を出していました。そして気付くと、門田さんの背後に夫の姿が見えました。私が失禁した直後から様子をみていたようです。そのとき、夫は全裸でした。隣には、やはり全裸の真純の姿がありました。

真純も私を見ています。そして真純の手は夫のチ○チンを握っています。そのとき、私は冷静に、「夫はチ○チンをどんなに刺激してもボッキしないのに……」と思います。

事実、真純の手に隠れてしまい縮こまった状態です。真純が夫と不貞行為をしていることより、夫のチ○チンのことが真っ先に頭に浮かんできたあたり、私もやはり普通の状態ではなかったということです。

私は夫に見られているのを覚悟で、門田さんのクンニを受け激しく感じていました。大きな声も何度も出ます。そしてついに、門田さんが自分のチ○チンをしごき始めます。門田さんのチ○チンは夫のよりもかなり大きく見えました。といっても、ここ数年は夫のボッキしたチ○チンを見ていませんから、どんな大きさだったのか忘れてしまっていましたが。

このとき私は、はやく挿入して欲しいと思いました。夫とセックスレスになって二年以上が経過していたからです。マ○コをしつこくクンニされたとき、誰のチ○チンでもいいから挿入してもらいたいという気持ちになっていました。

そして私は、夫に見られながら門田さんのチ○チンを突き入れられました。その瞬間、夫がさらに私に近づくのが見えます。門田さんのチ○チンは、たったひと突きで子宮の入口付近まで到達しているのがわかりました。私のアエギ声はさらに大きくなります。

「あああ！　太いい！　チ○チン太いです！」

はしたない言葉を夫に聞かれてしまったかと思うと恥ずかしさと情けない気持ちが同時に押し寄せてきました。しかし、声が出ざるを得ないほどの快感でした。そのうち、私のマ○コが洪水状態になりました。

「奥さん、マ○コまたビチョビチョになってます。それに、すごいシマリですよ。待ちに待ったチ○チンってとこだったみたいですね」

顔のあたりに何やら気配がすると、信じられないことに、真純のご主人が私にチ○チンを向けていました。私は反射的にそれを咥えます。いまや、スワッピングの主役は私になっていました。三本あるチ○チンのうち、二本を相手しているわけですから。ただひとつ相手していないのが夫のチ○チンというのが何とも皮肉です。門田さんはゆっくりとした動きで膣内部をかき回します。マン汁がお尻の穴の方にまで垂れている感覚がありました。恥ずかしいけどマン汁は止まりません。一方、無我夢中で真純のご主人のチ○チンをおしゃぶりしています。

快感が凄すぎて行為に没頭するだけの私でしたが、ときおり意識がまわりに向くときがあり、真純はどう思っているのだろうか、主人は見ているだろうかと思い、目を向けると、ふたりとも興味津々という感じで、私を凝視しています。

驚いたのは主人のチ○チンがフルボッキしていたことです。相変わらず真純の手が主人のチ○チンを握っていましたが、さっきは手に隠れていたのに、いま亀頭の先が手からはみ出してそそり立っていました。

（どうしたのかしら。もしかして私がハメられるのを見てボッキしてるの？）

心のなかで疑問が生じます。しかし確かめることはできず、そう思っている間も門田さんのチ○チンが何度も何度も出し入れされます。

「すごく気持ちいいです！　またマ○コから何か出ちゃいそう！」

私はまた股間がムズムズする感覚がありました。子宮の入口を何度か刺激されると、自働的に潮を吹いてしまう身体なのかもしれませんでした。門田さんはピストンのスピードを徐々にあげていきました。

チ○チンの先端が膣口あたり、膣の浅い部分にあるときはスースーする感覚があり、その一方で、子宮口近く、深い部分にあるときは圧迫感と同時に鈍い快感がありました。チ○チンのストロークにあわせ、私のおしゃぶりもときに深く、そしてときに浅くなります。

また、門田さんの奥さんが私のバストを揉みはじめました。女性に性的な意味で触れられたことはもちろんはじめてです。しかし私は、もうどこが気持ちがいいのかわからないほどの快感に包まれていたのです。

「奥さん、ご主人に見せてあげましょう、はしたないマ○コを」

門田さんはそういうと、チ○チンをマ○コから抜き取りました。

「ダメ！　もっと突いて欲しいのに！」

私は自分でも信じられないくらいヒワイな言葉を発していました。直後、無防備に拡がったマ○コが、夫の目にさらされます。

「イヤ！　マ○コがヒクヒクしてるから見ないで！」

私は夫に向けて、思わず叫んでいました。すると、夫がさらに私のほうに近づき、門田さんを押しのけてマ○コに顔を近づけてきます。

「おい美知子！　何だこれはグチョグチョじゃないか。それにぱっくりと拡がっているぞ。こんなドスケベな姿、みなさまに見せて恥ずかしくないのか！」

夫はそういうと、グチョグチョに濡れたマ○コをクンニし始めました。夫のクンニは数年間にいちどあったかなかったか。覚えていません。夫にクンニされてさらに気持ちよくなってきた私は、真純のご主人のチ○チンをもう、きちんと咥えることができませんでした。身体がビクビクと反応して動いてしまうからです。

夫のクンニは的を射ていました。ときにマン汁をすすり舐めることも実行しています。セックスレスになる前も、子づくり目的の事務的なセックスだったので、こんな気持ちのいいクンニは夫婦セックスではじめての経験でした。

私はいまやっと本物の夫婦になったような気がして嬉しさもこみ上げてきます。

「お前のグチョグチョのマ○コは、やっぱりオレが入れてやらないとおさまらないな」

夫はそんなことを言いながら、私のマ○コにフルボッキしたチ○チンを突き刺しました。

「きゃあ！　コレいい！」

こんなに刺激的でゾクゾクするセックスははじめてでした。しかもそれが夫のチ○チン。灯台もと暗しといいますが、そんな気持ちです。

「お前が門田さんにハメられるのを見て、いてもたってもいられなくなって、チ○チンがどうにもできない状況なんだ……それにしても、こんなにいい具合だったんだな、お前のマ○コって」

ほかの夫婦たちが見守るなか、私たちは恥ずかしげもなくカラミ合います。

「ねえ、みなさんに見られて興奮しちゃったの。もっと突いてぇ！」

「よし、任せろ。こうするとよく見てもらえるぞ」

夫はチ〇チンをいちど抜き、今度は私を自分のうえに乗せて挿入しました。背面騎乗位です。結合部分があらわになるとても恥ずかしい体位です。いままでこんなハレンチな体位をやったことはありませんでした。しかし、グチョグチョの結合部分があらわになったとき、ほかの夫婦から歓声があがり、私は気持ちよさが倍増します。

「美知子、どうしちゃったの？　マ〇コとろとろじゃないの。あなたたち、セックスレスなんてウソよね。だってレスの夫婦がこんな大胆な格好なんてしないでしょ」

真純は興味津々という感じで私たち夫婦をずっと凝視しています。私はまたマ〇コから何か出ちゃいそうな感覚に襲われました。

「ねえアナタ！　また吹いちゃいそうなの、どうしたらいい？」

私は思わず叫びます。

「ちょうど良かった。みなさんにお見せしろ！　ドスケベなお前を見てもらうんだ！」

そして夫はピストンのスピードを速めます。そのうち、グチョグチョ、グチョグチョとヒワイな音が結合部分から聞こえてきました。もう限界！　そう思った直後に、夫のチ〇チンが抜かれ、潮が吹き上がります。

潮は至近距離で見ていた真純の旦那さんの顔に降りかかりました。しかし、避けるわけではなく満足げな表情で潮を受けとめています。一方、夫のチ〇チンはまだボッキ状態でした。以前、かろうじてセックスがあったときも、途中でかならず中折れしていたのに……まるで別人のようでした。

「アナタ！　今度は私が上になりたいの！」

自分でリクエストしておきながら、なんでそんなはしたないことがいえたのか不思議です。何度も潮を吹いてしまい、普通の精神状態ではなくなっていました。

そして夫は私の要求を受け入れて、今度は女性上位でハメてくれました。下からの心地よい突き上げが全身に響きます。膣のなかいっぱいに夫のチ〇チンが拡がっている感覚もありました。持続力と太さ、私は夫のチ〇チンをほかの夫婦に自慢するかのようにさっきよりも激しくあえぎました。

「おい、美知子！　お前のケツの穴も見せてさしあげなさい！」

夫は私の尻の肉をつかみ、結合部分とアナルが拡がるように左右に力を加えました。

このときの恥ずかしさは相当なものでした。アナルに冷たい空気が触れる感覚もありました。

「ヤダ！　あなた……お尻の穴が拡がってしまうじゃないの！」

夫の力の加え方があまりに激しかったため、私は思わず叫びます。すると今度はお尻の穴に異物が入ってくる感覚があったのです。

「なに？」

私が振りかえると、門田さんがお尻の穴に近づいていました。私のお尻の穴に舌先を挿入してきたのです。舌はグリグリという感じで奥に入り込んでいきました。マ〇コは夫のチ〇チンで塞がれて、お尻の穴は門田さんの舌で塞がれている。異常な状況なのに、私は気持ちよくて仕方がなく、「もう！　最高にいい気持ち！」と叫んでいました。

「奥さん、このアナルは極上ですよ。シワの乱れがないし、シワの走る部分の変色もない。こんなアナルに舌を突き刺せるなんて男冥利に尽きる」

私は、門田さんからの最高の誉め言葉を頂きながら、夫のピストンに合わせて腰を動かしました。門田さんは、そのうち舌だけでは飽き足らず、今度は指をお尻の穴に入れてきます。

私が腰を動かすたびに、指はどんどんとお尻の穴に入り込んでいき、最終的には指の根元まで入っていたように思います。さらに門田さんは指を真っ直ぐではなく、途中で曲げて、直腸のカベを刺激してきました。

「ダメダメダメメぇ〜、今度はお尻から出ちゃったらどうするの！」

しかし門田さんは刺激をやめてくれません。そうこうしているうちに夫のピストンがまた速くなっていきました。

「奥さん、ケツの穴にも欲しいんじゃないですか？」

門田さんはそういうと、指を抜き取って今度はチ○チンを突き刺してきました。

「ムリです！　痛い！」

私はそう言うのがやっとでした。門田さんは私のマン汁を潤滑油にしてお尻の穴にどんどん侵入してきました。ものすごい圧迫感です。やがて夫のチ○チンに限界がおとずれます。

「お前がアナルを塞がれた状態のまま、マ○コに中出しするからな。みなさんに見守られながら、受精したらこんな嬉しいことはない」

夫は突きあげながら叫びます。私もそう思いました。ほどなくして夫のチ○チンがさらに大きくなり、膣内が精液で満たされる感覚がありました。このときも門田さんのチ○チンは私の直腸に留まったままです。やがて夫のチ○チンがすこし萎んだのがわかりました。

冷静になってきたのでしょう。夫はまだ私とつながった状態のままわりを見わたして、「ずっとEDで悩んでいましたが、みさなんのお陰で妻のマ○コに射精できました。今日は着床記念日になるかもしれません」と言います。

私も満足感で満たされていました。夫のEDが治ったこともそうでしたが、受精の可能性が高いと思ったことも嬉しかったです。

それから門田さんは、何度かお尻の穴をピストンしたのですが、結局射精することはなく、途中で中断しました。

「せっかくの受精記念日なのに、それを他人精液で汚しちゃうと悪いから」

門田さんはバツが悪そうにしています。

「美知子、ケツの穴、大丈夫だったか？　はじめてだったもんな」

「最初は痛かったけど、大丈夫。今度はアナタとお尻でしたいわ♪」

そんな会話のあと、夫は私にキスをしてくれました。

「いやあ、見せつけられちゃったなあ」

門田さんがそういうと、今度は真純が「美知子、今日はアナタに主役を持ってかれちゃったわ」と苦笑いです。

私の話は以上です。じつは二週間後、またキャンプの計画があります。メンバーは私と真純夫婦、それに門田さん夫婦です。夜のことを思うといまから股間がズキズキしてきます。今度のキャンプで妊娠の報告ができれば最高だなと思っています。

第二章 罠と知りながらカラダを開く女たち

●人気彫刻家に盗作された復讐に貞淑妻を寝取って恥辱の肉掘モデルに……

復讐の陰刻・美麗モデル人妻が襲われた性人形化計画

【告白者】渡辺晃彦（仮名）／38歳（投稿当時）／造形作家

『「現代アートの新星」彫刻家・高村史郎個展を開催』

美術雑誌に見開きで組まれた特集を私は凝視していました。記事には写真が添えられています、高村とその妻・美津子夫人が寄り添うスナップショットです。

私は、手元に握り締めていた招待状——個展初日に催されるレセプションの案内状を机に放り出すとリクライニングを倒し、ため息をついて天井を見上げました。

高村とその妻・美津子とは美大の同窓生でした。高村とは学業でもライバルでしたが、美津子を奪い合った恋敵でもあります。彼女は生家が裕福で、実業家である父親が美術品収集をしていた影響でアートに目覚めたという令嬢育ち。血筋はもちろん、清楚な美貌でクラスのマドンナとして輝いていました。

結局、美津子は高村を選んだのです。高村はシュッとした顔立ちで。俳優にもなれそうな男でした。美津子と結婚してからは、パトロンである義父の援助とその見てくれの良さから現代アートの寵児としてもてはやされていました。

あまり気乗りはしなかったのですが、私は個展に足を運んでみました。会場は盛況で、政財界の著名人などもいるようでした。

「よぉ、渡辺。よく来てくれたな」

呼びかけられて振り向くと、高村でした。傍らには美津子もいました。

「ずいぶん賑わっているようだ。個展は大成功間違いなしだな」

「ああ、おかげさまでね……あ、すまないが、ちょっと失礼する」

高村は政治家に挨拶するため、早々にその場を立ち去ってしまいました。残された美津子が話を引き継ぎました。

「久しぶりね。渡辺君。今はマネキン工房で働いているんですって？」

「うん、僕みたいな貧乏人は、芸術だけじゃ食っていけないからね」

私は自嘲気味に言いました。私は幼い頃からマネキンやフィギュアに興味がありました。デパートで裸になった女性のマネキン人形を見て、股間を熱くしたこともあります。自らの手で理想の女性像を創り上げたい――それが彫像を志したきっかけでした。

私はまじまじと美津子を見つめました。美津子の顔はテレビでたまに見かけます。

今は美術評論家となった彼女は教養番組で解説者としても活躍し、タレント並みの人気です。学生時代と変わらず美しいうえに、間近で見ると人妻特有の妖艶さも加わっていました。そういえば、高村のモデルを務めることもあり、彼女をモチーフにした彫刻『美津子像』は高値で取引されたと聞いたこともあります。

「じゃあ、せっかくだから……ゆっくり見ていってね」

「どうせ暇だからね。あとで顔を出そうかな」

私は美津子と別れて、場内に展示された高村の作品を見て回りました。一つ一つ眺めているうちに、ふとある作品に目が留まりました。

「うん？　この作品、見覚えがあるぞ。もしかして……」

それは学生時代に造った私の習作にそっくりでした。『肉欲』と名付けられたその作品には〝○□ビエンナーレ優秀賞受賞作品〟とプレートが添付されています。

「盗作じゃないか、これは」

私は憤り、バイヤーと談笑している美津子に詰め寄って問いただしました。

「ひっ？　あ、皆さま、なんでもありませんから、どうぞご心配なさらず……」

美津子は慌ててギャラリーに言い訳しつつ、小声で私に耳打ちしました。

「その話は、レセプションが終わったあとで――」

レセプション終了後。私と美津子は会場から場所を移し、とあるレストランで対峙していました。美津子の顔は青ざめていました。

「ごめんなさい、渡辺君。気付いたのね。バレるんじゃないかと思っていたわ」

「君は、あれが僕のアイデアを盗んだものと知っていたのか」

「薄々は……私たち、学生時代はいつも一緒だったんだもの」

「これが世間に知れたら、高村の評判は地に落ちるな。美津子だって、美術評論家としての名声を失うだろう。それに、父親の家名にも傷がつくぞ」

「お願い、内緒にして。言うことをなんでも聞くわ。お金なら援助できるかも」

「馬鹿にしないでくれ、お金なんて。そうだな。こちらの望みをなんでも聞くと言うなら……僕の作品のモデルにでもなってもらおうか」

美津子は怪訝そうな表情を見せました。

「いいじゃないか、高村のモデルだってやっているんだし。今頃、どこかの好事家が君の裸像を撫で回しながら、たっぷりと視姦しているんだろうよ」

「やめてよ、そんな言い方……わかったわ、モデルになるだけよ」

美津子は渋々ながら、私の要求を承諾しました。

数日後、私のアトリエに美津子の姿がありました。生まれたままの全裸で私の前に立っています。乳房はお椀型で、恥丘にはふさふさと陰毛が生い茂っていました。

「君とは学生時代からの付き合いだが、こうして生の裸を見るのは初めてだな」

「いいから、早く制作を始めてちょうだい。恥ずかしいんだから」

「ふふん、まあ、そう焦るなよ」

私は着衣を脱ぎ捨てました。衣服だけではなく、下着も脱いで素っ裸になりました。

「え……渡辺君、なにをしているの？」

「ああ、知らなかったのかい？　これが僕の創作スタイルなんだ。こうすると創作意欲が湧いてくるのさ。生命のエネルギーと一体化するんだよ」

私のファルスはドクドクと脈打ちながら漲り、鎌首をもたげています。その異形を見た美津子は、汚らわしいものでも目にしたように顔を背けました。

「それだ、その顔が見たかったんだ。今まさに凌辱されようとする人妻、これこそが真の女の美だ。おお、すごい、インスピレーションが溢れてくるぞ」

「い、いやあっ」

うろたえた美津子は膝をくの字に曲げ、股間を手で覆って羞恥を訴えました。私は彼女の膝を掴んで、引き裂くように開きにかかりました。

「い、いやっ、お願い、乱暴なことはしないで」

「高村がどうなってもいいのかい。僕の出方次第で、君たちは破滅するんだぞ」

美津子はイヤイヤとかぶりを振って今にも泣き出しそうです。

「僕だって高村の才能を埋もれさせたくない。それに、僕は昔から君のその美しさに心底惚れていたんだ。僕の美意識が疼いてやまないんだよ、わかるだろ？」

そう囁くと美津子は観念したのか、ゆるりと脚を開きました。

「やっとわかってくれたか、美津子。でも、そんな生ぬるいポーズではだめだ。それじゃアートじゃないよ。もっとこう、大股開きになって躍動感溢れる感じで……」

「こ、こう？」

美津子は言われた通り、脚を拡げていきました。ふさふさしたマン毛の隙間から、女陰がちらちら見え隠れしています。

「これが君の〝美の源泉〟か。素晴らしい。これこそ僕が求めていたモチーフだ」

私は秘唇をじっくり覗き込みました。薄紅色の肉ビラを左右にぐいっと掻き分けて、膣襞の色も確かめます。肉壷は美しく艶を帯びたサーモンピンクでした。

「僕はね、作品にリアルを追究するのが信条なんだ。君がモデルになったという例の彫像もオマ○コまでは作り込んでないだろう。僕の技法は違う。石膏でオマ○コの型を取って、実物と寸分たがわぬ生き人形に仕立ててあげようか」

美津子は顔を紅潮させて、ぶるぶると震えていました。恥じらいなのか怒りなのか……たぶん、その両方なのでしょう。額には脂汗がじっとりと浮かんでいます。

その艶めかしい痴態を眺めているうちに、私は劣情を抑え切れなくなり美津子の秘孔にずぶりと二本指をめり込ませました。

「い、いや……モデルをするだけって言ったのに」

「作品に魂を吹き込むためだよ。君もアーティストなら理解できるだろう?」

美津子の女芯を見上げながら、私は指を突き立てました。人形の顔をノミで削るときのような繊細な手捌きです。ずぼずぼと膣襞を捏ね回しながら指姦するうちに、肉壷からは愛液がじゅわぁっと溢れ出してきて、飛沫が私の顔面にぴちゃぴちゃと降り注ぎました。お高くとまっていてもやはり欲情しているのです。私は顔面に垂れた恥蜜を指ですくって舐め、残りマン汁がぬらぬら滴る膣襞に口をつけて、もったいないとばかりにずずぅーっと激しく音を立てて啜りました。

「あっ、あっ、いやんっ、そんなっ……ああんっ、だめ、感じちゃう」

美津子は腰をガクガク震わせ、身を仰け反らせて喘ぎまくっています。お嬢様然とした彼女がこんな反応をするとは思いませんでした。

(高村とするときもこんな反応をしやがるのか)

そう思うと、ジェラシーがこみ上げてさらに膣奥まで舐め抉ってやりました。

「そうだ、もっと感じるんだ。君も感じているだろう？　熱い息吹を」

じゅるじゅると音をさせ、女芯を辱めていきました。美津子は腰が砕けてもうフラフラ、立ってもいられない状態です。私は彼女の体をソファに転がしました、

「こうなったのも君の夫の高村のせいだからな。恨むなら奴を恨めよ」

なおも秘唇を舐め続け、這わせていた舌を肛門の方へと伸ばしました。

「ああっ、だめよ、そこは……だめ、汚いからぁ」

美津子は切なく訴えますが、私はその声には耳を貸さずアニリングスを続行しました。菊穴はウンチ臭をほのかに漂わせていましたが、少しも汚いと思いませんでした。むしろ、美津子が他人には見せない恥ずかしい部分を私に晒していることに激しく欲

情しました。

　ぴちゃ、ぴちゃ、ぶちゅっ、ちゅるるるっ。

　私はケツメドに顔を埋め、夢中になってアナル舐めを続けました。彼女の全てを体内に取り込むことで、新たなインスピレーションを得られそうな気がしました。

「ああっ、いやん、もう許して……う、ううんっ」

　美津子の喘ぎ声に薄っすらと甘さが匂ってきました。形のいいヒップをぐっと迫り上げて、なよなよさせて悩ましい尻踊りを見せ付けてきます。

「おおっ、そのポーズ、いいね。そのまま動かず、姿勢をキープして」

　意地悪く命じてやりましたが、そう言われても菊穴を舌で穿り返されているのですから、じっとしていられるはずもありません。美津子は顔を紅潮させ、牝尻をくねくねもぞもぞさせてピクピクと痙攣しています。

「ううっ、くぅ、んもう、やめてよ渡辺君、恥ずかしいってばぁ」

「気持ちいいんだろう？　高村のヤツにもケツ穴は舐められたことないのかい？」

「いやだ、そんなこと……あうんっ！」

　美津子はまた仰け反り、ソファに突っ伏してしまいました。

「おい、動くなって」

　ばちんっ！　私は美津子のケツを引っ叩いてお仕置きしてやりました。

「あひぃっ、痛いっ、なにするのよぉ」

「動いたらだめだと言ったじゃないか。じっとしていられないようなら、モデル失格だぞ。僕の創作を台無しにしようというのか」

　ばしっ、ばしばし、ばしばしはしぃっ！　今度は強めに尻叩きを連打しました。スパンキングを浴びせるうちに、臀部はみるみる赤く腫れ上がります。ケツビンタをふるうたびに美津子はぎゃあっと呻き声を漏らし、桃尻をビクンと飛び上がりました。

「ああんっ、い、いやあ、ああっ……も、もう許してぇっ」

「許してくれだと？　許してほしいなんて、そんな生意気なことを言える立場だと思っているのか。まったく、どの口が言うんだ。ここか？　このクチなのか!?」

　私は再び膣口に二本指を突っ込んで、指姦をかましてやりました。

「う、うう、あひいっ、ごめんなさいぃぃ」

「謝ってもまだ許してやるつもりはないよ。君の夫に作品を盗まれたのだからね。あれは僕にとって思い入れのある作品だった。言わば、恋人のような存在だったんだよ。

それを高村に寝取られた。だから、僕は仕返しに美津子……お前を寝取ってやる」

美津子に向けて呪詛を吐くうちに、またふつふつと復讐心がこみ上げてきました。怒張には血管が浮き上がり、ビクンビクンと脈打っています。私は美津子の膣壷に突き刺していた指を鉤状に曲げ、牝襞をグリグリと引っ掻き回しました。さらにクリ皮を摘んでひねり上げると、プクッと膨らんだ愛らしい肉芽がひょっこり顔を覗かせました。私はその陰核を指腹で転がすようにぐにゅぐにゅと擦ってやりました。

美津子は何度も背中を反らし、尻が上下に跳ねてソファの上で裸身をくねらせています。小粒な肉豆ひとつ摘まれただけで、お高くとまった化けの皮を身ぐるみ剝がされてしまい、牝の本性剝き出しです。

「あうっ、やめて……ああ、いや、やめないで……私、どうしちゃったの。こんな惨めな恰好をさせられて、恥ずかしくてたまらないのに」

美津子は、自分ではコントロールできない肉体の淫靡な反応に困惑しているようでした。戸惑い、うろたえながら息も絶え絶えに喘ぎ狂っています。

「はふっ、は、恥ずかしくてたまらないのにアソコが……オマ〇コがどうしようも疼いてしまうの。ああ、止まらない、渡辺君、こんなのって……」

「そうだ。その顔だ。もっと悶えろ。いいぞ……綺麗だよ、美津子」

鼻息も荒く指マンを加速すると、美津子もひと際甲高いよがり声を張り上げました。

「あ、ああっ……あんっ、あんっ、あんっ、ううんっ、だめっ もうっ……」

「もう？　なんだよ。まさか、もうイクと言うんじゃないよな」

私は指の動きを止め、冷たく問いただしました。

美津子の顔面には脂汗がじっとりと噴き出し、髪が額に張り付いています。はぁはぁと肩で息をするたびに、たわわな乳房が揺れるのがたまらなく卑猥です。

私は愛液にべっとり濡れた手で陰唇をなぞり、言い放ちました。

「そんなに簡単にイッてもらっては困るな。本番はこれからだ。今までのは彫刻作りで言えばまだ荒彫だ。ここから仕上げに入っていくからね」

美津子をソファの上で仰向けにし、アイマスクを取り出して彼女を目隠ししました。

「な、なにをするの」

「心配するな。なにも取って食おうというんじゃない。ふふふっ」

私はほくそ笑みながら、工具箱からロウソクを取り出して点火しました。

「型を取るから、じっとしているんだぞ」

ポタリ、ポタリ……。

私は美津子のオマ〇コめがけてロウソクを垂らしていきます。

「あぁっ、なにこれ、熱いっ！」

反射的に閉じようとする脚を取り押さえ、強引に押し拡げました。露わになった秘唇に蜜蝋がボトボトと滴り落ち、ふくよかな恥丘はみるみるうず高く固められて淫靡なオブジェのように様変わりしていきます。牝襞に重点的に垂らし、大陰唇、内腿……と徐々に範囲を拡げながら念入りにオマ〇コ全体をコーティングしていきました。

目隠しをされた美津子には、自分がどんな姿になっているか知る由もありません。

不安そうな彼女をそのまま放置して数分後――、

「ようし、こんなものだろう。もうそろそろいい頃合いだな」

私は美津子の淫部に張り付いた蝋をペリペリと慎重に剥がしていきました。

蝋はもう完全に冷えて、鋳型のように固まっています。私は蝋を崩さないように細心の注意を払いながら、ゆっくり、ゆっくりと作業を進めました。

やがて、マ〇コ鋳型がパコッと外れました。鋳型の形状は美津子のオマ〇コそのままのモデリングです。内側には女陰の割れ目がくっきりと刻印され、小陰唇のフォルムや開き具合も鮮明に再現されています。

「いい出来栄えだ。うん、こいつは我ながら、なかなかの自信作だぞ」

アイマスクを外して、美津子に「作品」を自慢してやりました。

「こ、これ、私のオマ○コなの？　いやだ……こんなもの、見せないで」

美津子は狼狽し、目を背けました。おそらく、お嬢様育ちの彼女は今まで自分の女陰をまじまじと見たこともないのでしょう。人妻の癖にうぶなところがある女です。

「そう言わず、よく見ろよ。ほら、お前の立体マン拓だ。肉ビラの皺まで数えられるほどいい仕上がりじゃないか。こいつを原型にしてお前のオマ○コフィギュアを鋳造したら、きっとマニアが涎を流して飛びつくだろうな」

「な、なにをばかなことを言っているの……ああん、もういや……」

泣き言を訴える彼女でしたが、その声音がさっきまでとは違う艶を帯びていました。

焦らし責めにわななく肉襞を、すうーっと軽くなぞってやりました。美津子はそれだけでもう腰をビクビクさせ、肌が粟立つほど敏感になっているようでした。

「さっきまでの威勢はどうした。生殺しにされて、肉棒が欲しくなってきたのか」

私は熱く火照ったクリを弄びながら詰問しました。

「ん、くふ……んく」

「ん？　なんて言っているんだ、よく聞こえないぞ」

そのまま膣襞を割り裂き、指先で意地悪く尋問を繰り返してやります。

「くっ、ほ、欲しい。オチ○チン、い、いれて……」

「やはりその気になったんだな。君の口からチ○ポ乞いを聞けるとは感激だ」

「やめて、そんな言い方しないで……」

「ふふん、夫の名声と引き換えに、自らのオマ○コを捧げる糟糠の妻ってわけか。じゃあ、遠慮なくハメさせてもらうぞ」

私はそそり勃つ欲棒を秘穴にめり込ませていきました。女壷がキュンッと蠢いて肉茎にまとわりついてきます。中はねっとりと濡れそぼっていました。

「あふっ、あああん」

悩ましいよがり声に私の男根は俄然奮い立ちました。恋焦がれていたあの美津子が今、自分のチ○ポに喘いでいる。その淫景が狂おしいほど欲情を掻きたてました。

ぐちゅっ、ずぷっ、ぬちゅっ……私は肉刀で美津子の膣を中彫していきました。牝襞をごつごつ、ごつごつと一心不乱に荒削りしていきます。

「あうんっ。そこは……奥はだめ、そんなにされたら……ああっ」

「なんだ、感じているのかよ。テレビの教養番組で偉そうにご高説を垂れているタレント気取りの美術評論家もチ〇ポにかかればただの女……いや、牝犬以下だな。どうだ、僕のマラの造形にもひとつお得意の論評をしてくれよ」

「ひゃん、くふっ、は、はうっ、はあぁん」

「どうしたんだよ。下のクチはこんな饒舌にクッチャべってるくせに、上の口はお澄ましなのかい。ほら、気の利いたコメントをしてみろ！」

腰のグラインドに力を込めて、ぐいぐいと膣奥まで突き抉りました。

「あぐっ、そこ感じちゃうっ、野性的なオチ〇ポ……フォービズムだわ。はふう、気持ちいい、もっと、もっと突いて、ぐちゃぐちゃに掻き回してぇ」

「くくっ、野獣主義ときたか。さすがはご高名な批評家サマだな」

美津子は恥ずかしさで顔を真っ赤にしています。髪を振り乱し、口元を涎まみれにしてよがり泣く姿はとても高慢な文化人には見えません。

私はすっかり気をよくして、猛烈なピストンでさらなる追い込みをかけていきました。それはあたかも美津子という素材で一体の彫像を造り上げている感覚でした。

(ミューズだ。やはり君は生まれついてのミューズだ)

私は心の中で呟きました。無我夢中で抽送しながら、美津子の中に美の女神を見ました。私は、その女神を自由にするために女芯を彫っているのでした。

「あああっ、だめ、もうだめぇ、イク、イクぅ、ひいいっ！」

美津子が切迫して、息も絶え絶えにオルガを訴えました。

「う、もう僕も我慢できない。美津子、中に出すぞ。一緒にイクんだ」

「あう、ナカは、だ……あっ、あふっ、ああ、あああんっ！」

「うおおおっ、で、出る、出るぞ、あああっ！」

咆哮と共に、私は美津子の膣にザーメンをぶちまけました。熱いスペルマを注ぎながら、私の魂が彼女の体内に注入されるのを感じました。

「はぁ、はぁ。ついに、ついに完成したのだ。精魂を込めた究極の女体が」

ぐったりと放心状態の美津子を眺めながら、私は満足感でいっぱいでした。

それから互いに仕事が忙しくなったこともあり、美津子とは会う機会をとれなくなりましたが、あのときこしらえた鋳型は、もちろん今も私の手元に残っています。テレビで美津子の姿を見るたびに、彼女のオマ○コの感触を思い返して股間が疼きます。

●ホテルで夜警をしている僕は監視カメラで女上司の不倫証拠を掴んで……

女性副支配人が姦視カメラに曝け出した背徳不倫性交

【告白者】黒川健壱（仮名）／58歳（投稿当時）／ホテルマネージャー

私は長年、某リゾートホテルでナイトマネージャーをしています。

事務室には、防犯のため監視カメラのモニターが設置されています。私は館内の様子をチェックし、異常がないのを確認すると袖机の引き出しを解錠しました。

「従業員の『身体検査』か。まあ、これも管理職の役得だ」

私は抽斗から専用のリモコンを取り出して、モニター画面を切り替えました。画面には宿直室に設置された隠しカメラの映像が映し出されました。

宿直室の監視などプライバシー侵害と思われるかもしれませんが、これには理由があります。過去に従業員の犯行による盗難事件が多発したことがあり、先代の総支配人がやむを得ず隠しカメラを設置したのです。以来、館内警備担当の私が監視役として、モニタリングを任されていました。今では先代もホテルを去り、このことを知っているのは私一人。他の従業員は誰も知りません。女性職員が当直の日には、こうして暇つぶしを兼ねてこっそり目の保養をさせてもらうのが私の密かな愉しみとなっていたのでした。

私は当直のシフト表を確かめました。今夜の担当は水谷貴美子。つい先だって副支配人に抜擢されたばかりの28歳。既婚ですが、かつてはフロントの華として鳴らした美人です。高卒入社ながら、まだ二十代の若さでスピード出世できたのは、その美貌と肉体で色仕掛けをしてきた賜物とも陰で囁かれている女でした。

モニター画面には、果たして貴美子が姿を現しました。部屋の中央にあるベッドの前に立ち、制服を一枚一枚脱いでいます。一日の仕事を終えた開放感から、かなりリラックスしているようです。スリップの裾をたくし上げてストッキングを丸め、スリップを脱ぎ、ブラも外して、それらをベッドの上に次々投げ捨てていきます。そうしてTバックのパンティ一枚だけになると、トートバッグから取り出した洗面道具を手に画面から消えました。どうやら浴室でシャワーを使っていたらしく、数分後、貴美子が全裸のまま部屋に戻ってきました。濡れた髪にバスタオルを巻いただけの無防備な恰好です。逆三角形に剃り揃えた陰毛を丸出しにして、おっぱいをぷるんぷるんと揺らしながら室内をうろつき回っています。

――と、貴美子がカメラに近付いてきました。チャットの着信があったらしく、デスクに置いたスマホを手に取っていじり始めました。カメラはデスクの上のブックスタンドに設置してあるので、彼女の裸体が大写しになっています。釣り鐘型の乳房がアップになり、乳首はもちろん乳輪の形まではっきりと拝めました。チャットの内容まではわかりませんでしたが、なにやらウキウキしているのが見てとれました。

しばらくすると、誰かが部屋にやってきました。さっきのチャット相手でしょう。

（こんな真夜中に訪問してくるとは、一体誰だ……）

モニター画面を凝視し、様子を窺っていた私は目を疑いました。入ってきたのは支配人の東郷克彦でした。現場のトップに君臨し、次期総支配人の座に最も近い男です。

貴美子が支配人の不倫相手だったなんて――。彼女が肉体を武器に色仕掛けをしているというのは本当だったのだと思いました。

全裸で出迎えた貴美子に東郷がディープキスをかましました。貴美子がいそいそと服を脱がせて、素っ裸になった東郷のペニスが露わになりました。モニター画面越しにも硬くみなぎっているのがわかります。東郷は確か、今年45歳になるはずです。しかし、画面に映し出された男根は十代のように雄々しくそそり勃っていました。

東郷がその肉棒を貴美子の前に突き出すと、彼女は美味しそうにしゃぶり始めました。鈴口をチロチロと舐め回したり、肉竿の根元から亀頭までねちょねちょと舌を這わせたり……職場での可憐な姿とは裏腹な吸茎痴態を見せ付けます。やがて、東郷は肉棒を咥えさせたままベッドに仰向けになり、貴美子に顔面に跨るように促しました。貴美子はそれに従って素直に体を反転させ、シックスナインの体位になってフェラを続けます。東郷も貴美子の恥部に顔を埋め、オマ○コをペロペロと舐め始めました。

数年間モニターを監視してきましたが、こんな光景を目の当たりにするのは初めてです。これまで女性従業員の生着替えぐらいなら拝ませてもらったことはありました。しかし、まさか不倫セックスの現場を目撃するとは。しかも、相手は支配人と副支配人です。私は目の前で繰り拡げられるAVさながらの展開に股間が熱くなりました。

しばらく舐め合っているうちに、貴美子がよろよろと身を起こしました。そして東郷の股間に跨ると、肉棒を掴んで膣口にあてがいながらゆっくりと腰を下ろしました。男根をずぶずぶと挿入し、腰を前後左右にぐいんぐいんとグラインドさせたり、上下にピストンさせたりしてチ○ポに酔い痴れています。

東郷も貴美子のくびれ腰を掴み、ガクガクと揺り動かして強引な抽送で責め続けました。律動は激しく、下からの突き上げに貴美子の体は何度も仰け反っていました。

やがて一瞬硬直したと思うと東郷の服上にグニャリと崩れ落ちました。どうやらオーガズムに達したようでした。しかし東郷の責めはまだ終わりません。今度は四つ這いにして後背位で串刺しに追い込みました。貴美子はバックがお好みなのか、騎乗位よりも感じている様子でした。映像は音声が出ないのが玉に瑕ですが、画面を見る限りではよがり方が全然違います。貴美子は今にも泣き出しそうに顔をくしゃくしゃに歪め、全身を小刻みに痙攣させています。一度気を遣った、というのもありますが、それを差し引いてもさっきより大ボリュームで喘いでいるのは明らかでした。

その姿に東郷も奮起したようです。深く浅く、また深くと何度も何度も抽送を繰り返し、貴美子を詰めていきます。そして、ついに貴美子がビクンッとひときわ大きく身震いした瞬間、東郷もピストンを止めました。モニター画面に目を凝らすと、東郷の腰がビクビク震えているのがわかりました。貴美子の膣に精液を放ったのです。

ぐったりする二人を尻目に、私はモニターを通常画面に戻しました。私もどっと疲れが出てデスクチェアに背を投げ出しました。頭の中はさきほどの貴美子の痴態でいっぱいで、とても仕事など手につきませんでした。私は二人の録画映像を何度も見返して。まんじりともせず過ごしました。気が付くと、いつの間にか窓の外は白々と夜が明けていました。

夜勤を終えてホテルを出ようとすると、帰り支度をする貴美子に出くわしました。貴美子は、今日は非番のはずです。私は彼女に近付きました。

「お疲れさん。昨晩はずいぶんとハードワークだったようだねぇ」

「いえいえ、もう慣れましたから……私、そんなに疲れた顔していますか？」

貴美子は私の声色になにか不審を抱いたように眉をひそめました。

私はポケットから取り出したスマホを弄りながら、

「どうも弱ったな。これは当ホテルの機密事項なんだが――」

スマホにアップロードした昨夜の映像を、貴美子に見せました。

「こ、これは……」

彼女はそれが自分の痴態だとすぐ気付きました。

「一体どうして。どうしてここに、こんな動画があるんです？」

私はこれまでの経緯を彼女に話してやりました。

「――というわけでね。このことは私と君だけの話に収めてくれ。しかし、君が支配人の不倫相手とは。しかも、あんな激しいセックスをするなんて驚いたよ」

貴美子は恥ずかしさと怒りで顔を真っ赤にして、わなわなと震えていました。

「見せてください。その、事務室にある映像……」

どうやらマスターテープの存在が気になるようです。どうしたものか迷いましたが、機密をバラシてしまった以上仕方ありません。私は貴美子を事務室に案内しました。

モニターに大写しにされる自らの痴態を、彼女は食い入るように見つめました。

「全部見られていたんですね……ああ、恥ずかしい」

東郷との激しい情事を思い出しているのか、声が濡れています。目つきはとろんとして、頬はほんのりと赤みを帯びていました。その艶っぽい媚態を眺めているうちに、私も昨夜の光景がまた頭に浮かんできて劣情を催してきました。

「水谷クン、このセックス動画が世間に流出するかしないかは、君の心がけ次第だ。君も副支配人になれたんだ、キャリアを台無しにしたくはないだろう。不倫がバレたら。せっかくの苦労が水の泡だ。それに、旦那にだって顔向けできないぞ」

私はズボンのチャックを下ろし、ペニスを取り出しました。充血した肉棒が、ぐんっと跳ね上がり鎌首をもたげました。貴美子は硬直したイチモツに目を見張りました。

「有能なキミなら、なにをすればいいのかわかるね」

昏をこじ開けるように男根で突っついて促してやると、根負けした貴美子はそろそろとチ〇ポの尖端を口に含みました。

「そんな風におざなりに咥えるだけじゃだめだ。東郷にやったように、もっと舌を使ってねっとりと舐めてくれないと」

貴美子は私の股間の前に跪くと、言われた通りに舌を差し出してカリを舐め回しました。唾液をたっぷりと含ませたベロを肉筒に這わせて、亀頭から根元まで何度も往復させます。

「そう、その調子で続けるんだ。くはっ、肉棒がとろけそうだよ、水谷クンはおしゃぶりがなかなか上手だ。やっぱりチ〇ポに媚びを売るのはお得意のようだな」

「や、やめてください、そんなこと言うのは」

うろたえながらも、咥えたペニスから口を離そうとはしません。屈んだブラウスの胸元からふくよかな谷間が覗き、映像で見た彼女のおっぱいが脳裏にフラッシュバックします。私はいっそうムラムラして、貴美子をもっと犯してやりたくなりました。

「続きは宿直室でやらないか。ここでは手狭だからね」

貴美子はあっさりと承諾しました。彼女も満更でないようです。あるいは、ここは私の肉棒にも恩を売っておいた方が得策だと踏んだのでしょう。

私たちは宿直室へ移動しました。ドアノブにＤＤカード（ドント・ディスターブ＝邪魔しないで、の意）を吊るし、扉を施錠して誰も入室できないようにしました。

部屋は昨夜と変わらず、ベッドのシーツもまだ乱れたままです。貴美子と東郷がここでセックスをしていたと思うと劣情がこみ上げてきました。

貴美子もまた、興奮を隠し切れないようでした。

「わあ、こんなところにカメラが仕掛けてあったんですね。全然気付きませんでした」

彼女はブックスタンドを手に取ると、装飾部分に仕込まれた超小型の隠しカメラを興味深そうに眺めて感嘆の声を上げました。

「今も録画されているぞ。監視カメラは二十四時間作動しているからね」

そう教えてやると、貴美子は目を輝かせました。

「これって、ハメ撮りとかいうやつですよね。実を言うと私、こういうのにちょっと興味があって、以前からやってみたいと思っていたんです」

彼女は思いもかけないことを口走りました。

こちらにしてみれば、願ったり叶ったりの展開です。私は隠しカメラの位置を動かして、美津子の姿がちょうどよく映るように調整しました。カメラの映像は、Ｗｉ－Ｆｉで私のスマホに飛ばせるようにセッティングしてあります。

「服を脱いでごらん。カメラに向かって見せつけるように」

私はレンズを指し示しながら貴美子に命じました。彼女はノリノリで脱衣を始めました。ブラウスのボタンをひとつひとつ外していき、ブラとパンティ一枚になるとストリップをするようにゆっくりと脱ぎ捨てて全裸になりました。

「素晴らしいおっぱいだな。さすが若いだけに、張り具合も見事なものだ」

重みのある乳房をゆさゆさと揺らして、手応えを楽しみました。そうして乳首を親指でこちょこちょと撫で回すと、乳頭はたちまち硬く尖り起ちました。

「敏感だな、もう勃起してきたじゃないか」

「あふっ、はぁん、黒川マネージャーのオチ○チンだって大きくなっていますよ。すごく逞しいです……それにすごく硬いわ」

「ふふふ、さっき、散々しゃぶってもらったからな」

私は乳首を口に含み、甘噛みしてやりました。さらに、舌で転がして味わいました。

「ああんっ、あふ……ん、気持ちいい」

貴美子はため息をつくように、切ない声で喘ぎました。

陰毛を掻き分けて股間に指先を忍ばせると、秘穴はすでにたっぷりと愛蜜で潤っていて、くちゅ……といやらしい音を奏でました。陰核もコリコリに硬くなっています。

「カメラによく見えるように、股を開いてみて」

貴美子をベッドに上げて、M字開脚を命じてやりました。オマ○コがアップになるようにカメラを近付け、私自身は彼女の背後から肉ビラを左右に剥き拡げます。濡れそぼった淫襞がぬらぬらとテカり、白濁したマン汁が溢れ出しました。

「見てごらん。オマ○コがもうこんなにぐちょぐちょだ」

スマホに映る恥部の接写映像を見せ付けてやりました。

「いやだ、こんなに濡れるなんて……恥ずかしい」

口先ではそう言いながら、貴美子の視線はスマホ画面に釘付けです。自らのオマ○コをアップで見たことがなかったでしょう。膣幕が羞恥に煽られてヒクヒクと収斂するたびに、粘り気のある果汁がドロドロと垂れてきて、シーツを濡らしました。

まだうら若い貴美子ですが、やはり上司を——それも支配人の東郷を手玉に取るぐらいですからカメラを前にしても堂に入った感じっ振りです。

「おやおや。副支配人さんは、可愛い顔をしてここは熟れているとみえるね」

私はわざと下卑た言葉で嬲り、開いたオマ○コに指を突き立てました。そのまま肉穴にぬぷぬぷとめり込ませていき、指姦で苛んでやります。膣壷をぐちゃぐちゃと強引に掻き抉りながら、もう片手は人差し指でクリを撫で回してやります。

「くふっ、はぁん、すごい……気持ちいいです、あうんっ」

「東郷の指マンより感じるだろう。エッチのテクなら、あの若造にも負けないぞ」

私は激しく貴美子を責め立てました。もうカメラの存在も気にしてはいられません。

私は貴美子の正面に回り込むと、しゃがみ込んでオマ○コにかぶり付きになりました。

そうして艶めかしい太腿を両手でぐいと押し拡げ、秘唇に舌を這わせました。

ぴちゃっ、くちゅっ……湿ったサウンドが宿直室の部屋中に響き渡りました。

「ひゃっ、舐められるの、弱いから。あふっ、感じすぎちゃう。だめですよ、黒川マネージャー……昨夜、支配人とエッチしたあと洗っていないから汚いですぅ」

「そうかい？　おいしいよ、水谷クンのオマ○コは使い込まれていて濃厚な味だ」

「い、いやぁ」

「あいにく、いやだと言われると余計に責めたくなる性分でね」

秘唇の奥まで舌を差し込み、唾音を立てて凌辱口吻を浴びせました。息もままならないほど痙攣し、感じまくる膣穴にドリル舌を捩じ込んでやります。抉り、ひねり、こねくり回して肉襞をこそぎたてるようにクンニ責めで執拗に追い込んでいきます。

「そろそろチ○ポが欲しくなってきたんじゃないか。ほら、四つん這いになりなさい」

貴美子は従順に牝のポーズになり、腰を高く突き出しました。そそり勃つ男根が肉穴に照準を定めます。私は後背位で貴美子の陰部を突き抉り、根元まで挿入しました。

「ああ、そこ、奥が気持ちいい、んああっ」

貴美子の哀訴にますます奮い立ち、さらに子宮口までぶち込んでやりました。膣襞が肉筒を食い締め、ぐにょぐにょとチ○ポにまとわりついてきます。

「たまらないよ、水谷クン、なんて男泣かせなオマ○コだ」

私は力強く腰を弾ませ、猛烈にピストンを送り込みました。肉棒を出し入れするたびに膣穴から愛液が溢れて内股を滴ります。粘り気のある花蜜が糸を引いて、茎胴にベットリと付着します。宿直室に、むっとするような淫臭が立ち込めました。

私は貴美子の臀部を両手で掴み、左右にがばっと剥き拡げました。大きく裂いた膣孔に一段と深くチ○ポを食いこませようと、こねかえすように腰を繰り出しました。ますます深まった結合に苦悶の脂汗が滲む貴美子の美尻に爪を食い込ませます。私はとどめの抽送から逃すまいと、尻肉を引っ掴んだ手に力を込めました。

「あううっ、も、もうだめぇ」

貴美子が小刻みに身を震わせて、ベッドに突っ伏しました。全身がほんのりと紅潮し、汗びっしょりです。

「イクのはまだ早いぞ。もっと楽しませてくれよ」

私は、へたり込んだ貴美子を容赦なく抱き起こしました。そして、膝に乗せると今度は背面座位でチ○ポ串刺しにして突き上げてやりました。

「ほら、自分で気持ちよくなるように腰を使ってみろ。チ○ポを出し入れしているところがよく映るように、結合部をカメラにちゃんと向けるんだぞ」

「は、はい……」

貴美子は操り人形のようになってふらふらと腰を浮かせました。私の太腿に両手を置き、屈伸の要領で牝腰を上下しています。膣壷が動くたびに肉ビラが捲れ上がり、男根を巻き込んでずぶずぶと呑み込んでいくさまが卑猥でした。

「よし、エロい画がばっちり撮れているぞ。こいつは永久保存版だ。ズリネタとしてやるからな」

「うう……お願いですから誰にも見せないと約束して。どうか、この映像は私と黒川マネージャーだけの秘密にしてください」

「そいつは君のオマ〇コ次第だ。せいぜい頑張って私を気持ちよくさせてくれ」

肉棒で膣口を小突いて促すと、彼女は恨めしそうな視線を私に送りながらも抽送を再開しました。上下に動かすだけでなく、左右にもひねりを加えながらグラインドをするような悩ましい腰つきを見せ付けます。

「おおおっ、こりゃ、たまらんな」

貴美子の巧みな腰遣いに肉棒がとろけそうです。私の方も切迫してきました。そろそろ追い込みをかける頃合いとみた私は貴美子の尻肉を持ち上げ、強引に揺さぶってチ〇ポ突きをぶちかましました。

「ああっ、あああんっ！」

「もっとだ、もっと感じるんだ、水谷クン、それっ、それ、それっ！」

子宮口を突き破るように深く抉り込めば、貴美子はわななき、天井を仰ぎます

「ああっ、そんなに、は、激しくしないでぇ、あっ、ああんっ」

貴美子は髪を振り乱して仰け反り、淫獣のように悶え狂いました。

「もうだめぇ、いくーっ、本当にイッちゃうからぁ」

貴美子が硬直し、腰をガクガクと痙攣させて、そのままうつ伏せに崩れ落ちました。

私は背中に覆い被さり、タンデムのような格好で膣底を肉ドリルで穿ち続けました。

「ひいっ、おかしくなりそう……はあぁん、オマ○コ壊れちゃう」

貴美子はもがきながら、シーツを掴んで喘ぎ続けています。一突きするたびに膣粘膜が蠢き、肉胴をキュンキュン食い締めてあまりの気持ちよさに腰が抜けそうです。

「くはっ、こっちもイキそうだ、よしいくぞ。中に出すぞ！」

「ああ、中はいや……あ、ああんっ」

私はお構いなしにチ○ポ汁を注ぎ込みました。ドクドクと吐き出された熱い樹液で膣壷が満たされ、貴美子のオマ○コに染みわたっていくのがわかりました。

この一件以来、貴美子はすっかりハメ撮りに目覚めて私の肉棒を求めてくるようになりました。今では機材を揃えて本格的な撮影にも挑むようになり、私のズリネタはますます増える一方です。

●カルテミスに付け込まれて、絶倫院長との変態医療プレイに屈服しました

白濁の巨塔・美熟人妻看護師が嵌まった夜姦診療の罠

【告白者】浅倉朱美（仮名）／35歳（投稿当時）／看護師

これは、私が現役ナースだった頃の話です。

今から十年ほど前、私は某大学病院に勤めていました。当時は、医師は聖職というイメージが今よりも強かった時代。医師の言うことは絶対という風潮がありました。その病院は学閥が幅を利かせていて、K大出身の教授は神様のような存在です。教授が白と言えば、助教授を始め、医師たちも黒を白と言わなければいけません。そんな雰囲気ですから、私たちナースはただ従順に仕事をこなす毎日でした。

私はその頃、心臓外科病棟を受け持っていました。教授はマスコミにも取り上げられるスーパードクターで、難しい手術もこなすことで有名なこの分野の権威でした。

普段、教授は病棟へ滅多に顔を出しません。ですが、週に一度の教授の総回診は見ものでした。テレビの医療ドラマなどで観たことがあるのではないでしょうか。医師たちが、大名行列のようにズラズラと教授の後に従い、ナースも就いて回るアレです。

総回診の日は、私たちナースは朝から仕事に追われます。病室をきれいに整え、回診を受ける患者さんのカルテを整理しておかなくてはなりません。患者さんたちにも、教授の総回診があるからと着替えをさせ、ベッド周りも片付けさせました。とにかく粗相のないように気を遣わなくてはならず、目の回る忙しさだったのです。

総回診に就いて回る看護師は、師長はもちろん、他にその日に勤務しているナースの中から当番制で決められます。その日は、私が当番にあたっていました。

当然のことながら、私は朝からあたふたしていました。落ち度のないように気を配っていたつもりですが、かなり緊張していたのです。

いよいよ総回診になり、教授がある患者さんを診察しようとしたときのことでした。

そのクランケは入院してまだ日が浅く、名前を「田中さん」と言いました。

私は用意していたカルテをさっと教授に手渡しました。教授はオペの縫合痕などを診ていましたが、そのうちふと手を止めて「おや?」という怪訝な顔をしました。

「処置の部位が違うようだが、カルテは合っているのかね」

「えっ?」

私は焦りました。慌てて確認すると、私が手渡したカルテはあろうことか、隣のベッドの田中さんのものでした。この病室には田中さんが二人いたのです。

病室に緊張が走りました。金魚のフンみたいに教授にくっついて同行している医師たちも、私を責めるように冷ややかな目で見ていました。

「も、申し訳ありませんでした！」

私は顔面蒼白になって平謝りして、もう一枚のカルテを教授に差し出しました。

「ああ、こちらが正しいカルテだね。えー、フルネームは……」

教授はクランケの手前、冷静を装っていましたが、口調からは苛立ちが感じられました。眉間に皺を寄せ、こめかみがピクピクしているのを私は見逃しませんでした。

（やっちゃった。どうしよう。あとで絶対に怒られるわ）

あれほどミスをしないように注意していたのに、こんな失敗をするなんて。もう自分が情けなくて、私は顔を真っ赤にして俯くばかりでした。

案の定、総回診が終わった午後、私は教授の執務室に呼び出されました。

「キミ、あのようなミスは困るじゃないか。一歩間違えたら重大な医療事故になるところだ。幸い、この私が事前に気付いたからよかったようなものの――」

教授は私を値踏みするようにジロジロと眺めながら言いました。

「もしも事故が起きて、私の名声に傷が付いたらどうするつもりだ。君のような青二才に責任が取れるというのかね」

「か、かさねがさねお詫びいたします。どうぞお許しください」

私は直立不動で言い、震える声で頭を下げました。

「ふふん、浅倉クンと言ったか。君はどこの大学出だね？」

「え、N大学です」

「やはりK大ではないのか。まあ、そうだろう。ウチの看護学部出ならあのようなミスを犯すはずないだろうからね。まったく、これだから外様は使えない」

教授は完全に見下すような口調で言い放ちました。

「疲れでも溜まっていたのかな。ん？　今も顔色が悪いようだが」

そう言うと、教授は椅子から立ち上がって近付き、顔を寄せてきました。

「どれどれ、ひとつ触診してあげよう。スタッフの健康管理は大事だからねぇ」

教授は私を抱き寄せ、ナース服の上から胸を撫で回してきます。私は嫌悪感でいっぱいでしたが、逆らうことができずじっとしていました。すると、教授は調子に乗って白衣のボタンを外して直におっぱいを弄り、揉みしだいてきたのです。

「や、やめ……」

さすがに、思わず咄嗟に拒んでしまいました。

「おや、お詫びをすると言った割には反省の色が見えないな。君は自分の立場がわかっていないようだね。医局から追い出すことだってできるんだよ」

「くっ、そんな……」

職を失うわけにはいきませんでした。当時、私は結婚したばかりの身で、家賃や生活費、子どもの教育資金などを稼がなくてはならなかったのです。

「まあ、君の心がけ次第では、今回のミスは不問にしてやってもかまわないよ。いい齢をした大人だ、何を言わんとしているか、いくらドジな君でもわかるね？」

教授は私に一枚のメモを手渡しました。そこには、ある高級ホテルの名前と部屋番号が書かれていました。

ホテルに行けば、何をされるのかは明白です。しかし、教授に逆らうことはナース人生を閉ざされることを意味します。承諾するしか、選択の余地はありません。

その日の退勤後。私は夫に「今夜は急な手術が入って帰宅が遅くなります」とメールを残して、ホテルに向かったのでした。

スイートルームでは、教授がバスローブ姿で待ち受けていました。

教授の裸体を見るのは、もちろん初めてのことです。教授はもうすぐ還暦を迎えようという年齢ですが、精悍な筋肉質でがっしりとした体つきです。ロマンスグレーの髪は艶を帯び、血色のいい顔は日に焼けてテカテカと黒光りしていました。

異様だったのは、両手に手袋をしていたことです。教授はどういうわけなのか、オペで使うようなニトリルゴムの手袋を嵌めていました。

「来たか。さあ、服を脱いで、ベッドに横になりなさい」

教授はまるで患者を扱うように命じました。私は言われた通り、一枚一枚衣服を脱いで下着姿になりました。

「下着も脱ぐのだよ。全部脱いで素っ裸になって。ほら」

そう言うと、教授もバスローブを脱ぎ捨てて全裸になりました。全裸で両手にゴム手袋。なんとも奇妙というか、変態っぽい格好です。ペニスも黒光りを放っていて、60歳近くとは思えないほど硬く勃起していました。

「若いのになかなか脂が乗った体をしているね。やはり人妻だからなのかな」

教授は私の体に舐め回すような視線を這わせました。顔から爪先まで、ねっとりと粘り付くような視姦羞恥に、私は全身が火照ってくるのを感じました。

ベッドに身を横たえると、教授は傍らに置かれていた医療バッグから中身を取り出して並べ始めました。取り出したのはガーゼ、包帯、サージカルテープなどの医療器具の他、グリセリン、それに浣腸シリンジ……！

「教授、こ、これは」

「ふふふ、二度とミスを犯さないように、治療をしてやろうというのだ。ありがたく思うんだね。君も医療従事者の端くれなら、使い慣れた道具だろう」

「い、いや……」

「拒もうとしたって無駄だよ。この私に楯突いたら、どうなるかはわかっているだろう。ほら、反省しているなら、身を以って示したまえ。ん、どうだ？」

教授はいきり立った怒張で、私のヴァギナを意地悪く小突きました。

「す、すみませんでした……ああ、教授の……言う通りに従いますわ」

教授のネチネチした悪辣な責めに私は切なく眉根を寄せて屈辱を誓いました。

「うむ、今の言葉を忘れるな。二度とこの私に逆らわないように」

教授は満足そうに頷くと、極限まで硬直した肉塊を秘裂にあてがいました。そうして、切っ先を少しずつ柔らかな亀裂に差し入れながら念を押してきました。私は苦悶しながら、なにを言われてもただこっくりと首肯するほかありませんでした。

「どれ、まずは局部麻酔のチ〇ポ注射だ」

ずぶり……教授の逞しい肉棒が奥まで侵入してきました。それを体内に受け入れた刹那、遂に汚されてしまったという絶望感が押し寄せてきました。しかし、そんな感情に浸る間もなく、狂おしい快感が怒濤のうねりとなって襲いかかってきたのです。

「うう……やだ、気持ちいい……」

夫以外のオチ〇チンでこんなに感じてしまうなんて。しかも、教授相手に。激しい自己嫌悪を覚えましたが、甘ったるい喘ぎ声を止められません。

「ほうら、入った。オマ〇コの奥までズッポリ嵌まったぞ」

ニヤニヤと笑みを浮かべながら、教授は腰を小刻みに突き出してきました。

「あうっ」

熱い愛液がジュワッと溢れるのを感じました。自分の意志と関係なく、膣肉がヒクヒクと絡みつくように引き締まり、肉塊を強烈に咥え込んでいきます。

「おお、なんという肉路の狭さ。しかも花蜜でたっぷりと潤っている。これは紛れもない名器だ。密にせめぎ合う粘膜のしっとりした感触がたまらない」

教授は私のヴァギナの所見を克明に口にしながら、ゆっくりと抽送を繰り出してきます。オマ〇コがズキズキ疼くような痛みと急所を突きあげられる快美感、それに被虐の官能も相まって、私はたまらない陶酔に襲われました。

――と、教授が不意にピストンを止めて肉棒を引き抜きました。

「よし、余興はこれまで。ここからが本番だ。しっかりと反省しなさい」

教授は浣腸器を手にしました。500MLはあろうかという特大サイズ。シリンダーの長さは30センチほどありました。

「さあ、四つん這いになりたまえ」

「は、はい……」

要求通りの体勢になると、ワセリンをこってりと塗った教授の太い指で尻朶を割り拡げられました。そして次の瞬間、嘴管がするりと肛門に侵入してきたのです。冷たい異質な感触がアヌスの柔襞を鋭く貫きました。

「では、薬を注入していくぞ」

プチュッ、チュルチュル……教授はゆっくりと浣腸液を注いでいきます。ゾクゾクする悪寒とともに、すさまじい羞恥がこみあげてきました。

（ああ、浣腸をされているのね……うう、いや、そんなにたくさん注がないで）

顔が青ざめてくるのがわかりました。教授はそんな私の反応を面白がるように、わざと丹念に時間をかけて浣腸器のポンプを押すのです。チュルッと少し注入してはまた入れて、再現なく繰り返される直腸凌辱の煉獄。腸壁が灼けるように熱くなり、菊肛が慄きます。疼いて菊肛が慄きます。浣腸液を注がれるたび、強烈な刺激に直腸を犯されました。

やがて。グリセリンが私のアヌスに残らず吸い込まれました。

「まだ出すんじゃないぞ。たっぷりと我慢してもらわなくては」

教授はパンパンに膨らんだ私のカエル腹を撫で回しました。その指は乳房にも絡み付き、絞るように揉みあげたかと思えば左右上下に激しく弄り回します。

「あう、うう、くふっ」

思わず、切ない声が洩れました。

「ふむ、だいぶ効いてきたな。しかし、乳を揉まれて喘ぎ声を出す余裕があるなら、まだもう少しいけそうだ」

教授は浣腸液を補充し、もう一度お尻の穴に注ぎ込んできました。

「あう、く、苦しい……ひどい、ひどいわ、もうだめ」

「動かないように。下手に動いたら、嘴管の先が直腸の壁を傷付けてしまいかねないぞ。今までオペでミスをしたことがない私が、こんなことで人を怪我させるなんて不名誉だ。そのままじっとしていなさい」

ねちねちとした口調で嬲りながら、教授は私のアヌスをほぐすように撫で回してきます。菊蕾を拡げたり閉じたりして弄ばれて、恥ずかしくてたまりませんでした。

「ほうら、やっぱりまだ入ったじゃないか」

「ああ、ん」

全身が冷や汗でびっしょりでした。過敏になった直腸の中を生ぬるい液体が通っていくのが手に取るようにわかるのです。腹部に断続的に鈍痛が走り、頭がクラクラしました。ぎゅる、ぎゅる……恥ずかしいお腹の音が鳴り、ブルブルと身震いも襲ってきました。

「もうそろそろ限界が近付いてきたようだな。苦しいか。ん？　もっと苦しみなさい」

教授は、被虐に喘ぐ私の姿を眺めて悦に入っていました。外科医にはサディストが多いのは経験上知っていましたが、まさにその典型的なタイプです。

「うう、ウンチが出ちゃう。お願いです、お、おトイレに……行かせてください」

私は恥を忍んで嘆願しました。

「便器なら、ほら、そこに用意してあるぞ」

教授は、部屋の隅に置かれた洗面器を顎で指し示しました。

「まさか、あそこに出せとおっしゃるんですか？」

「そうだ。目の前で排泄しなさい。今晩の私は君のチ○ポ主治医だぞ。便の具合を見て、健康状態をチェックするのも医師としての務めだ」

教授は日焼けした顔を卑猥に歪めて「早く行け」と目で合図を送ってきます。私は洗面器によろよろと跨り、ウンコ座りをしました。

「人並みに便所を使わせてもらえると思っていたのか。カルテもろくに読めない青二才め。まったく使えない三流大学出のおたんこナースだ」

教授はそう言い放ち、突き出した私のお尻にいきなり張り手を浴びせました。

「ひっ、あ、ああっ？」

スパンキングされて驚いた瞬間、肛門のタガが外れました。

ブリッ、ブリブリッ、ブチュブチュッ、ブシャアアァッ！

茶褐色の液体と一緒に、どす黒い糞便がにゅるにゅると吐き出されました。堰を切ったようにあとからあとから出てきて止められません。

「いやあああっ」

部屋中に悪臭が立ち込めました。屈辱で気が遠くなりそうでした。不貞セックスは覚悟していましたが、まさか排泄姿まで晒すとは。あまりの酷い仕打ちに涙がこぼれました。

「ふむ、便は健康そのものだ。黄土色で、艶もいい。しかし、消化状態があまり良くないようだね。ほら、見てごらん。未消化のニンジンがたくさん混じっている」

「はぁはぁ、そんな説明をされたら恥ずかしいです」

私はぐったりとしていました。公開脱糞の恥ずかしさに身が千切れそうでしたし、一度大量の排泄をしたことで軽い脱水症状を起こしたのだと思います。

そんな私を冷ややかな目で見ながら、教授はさらに追い打ちを掛けます。

「よし、デトックスできたか診てやろう。もう一度仰向けになりなさい」

教授は私をベッドに押し倒し、ウェットティッシュで肛門や太腿をチャチャッと拭ってマングリ返しにさせました。そうして肛門鏡を手に取って、アヌスに挿入してきたのです。肛門をぐりぐりとこじ開け、7センチほどの本体が完全に挿入されると教授はゆっくりと回転させながら粘膜全体をつぶさに観察しました。肛門鏡はグリップ底部の黒いスイッチを押し込むと内蔵ライトが照射される仕組みになっているのです。

「ふむ、大便の滓はもう残ってないようだ。腸壁も綺麗だね。ピンク色の襞が艶めかしい。うん、実に健康的でセクシーだよ」

教授は肛門鏡を引き抜いて、また執拗に指診をしてきました。ねちねちと弄られると、体位のせいでアヌスが自然にパックリと口を開いてしまいます。そこへゴム手袋を嵌めた教授の指が挿入され、私はジンジンするような汚辱感に身悶えました。

「ほら、ケツの穴がヒクヒクと蠢いているのが自分でもわかるだろう」

「ケツの穴だなんて。ああ、そんな言葉はよしてください」

そう言いながらも、教授の言葉は否定できませんでした。教授の指が捩じ込まれると、意志とは裏腹に、菊襞がぴっちりと吸い付いてしまうのです。

「この穴にもチ○ポが欲しくなってきたか。肛門が疼いてたまらないんだね。アヌスもこんなに敏感とはド淫乱め。ケツ穴も旦那に可愛がってもらっているのか、うん？」

「い、いや、そんな……」

思わずうろたえて、口ごもりました。夫とお尻でセックスしたことは一度もありません。それどころか、これまで誰にも後ろの穴を許したことなどなかったのです。

私が沈黙しているのを完全降伏と思ったのか、教授は鼻息を荒くしました。

「ふふん、アナルにも肉棒のお仕置きをたっぷり与えてやるとするか」

教授は硬直したペニスを菊口にあてがい、ズブリと押し込んできました。

「ほら、そんなに身を硬くしないで。もっと力を抜くんだ」

教授が体重を掛けて、一気にイチモツを押し込んできました。

「ひ、ひいっ！」

破瓜を迎えたとき以上に強烈な衝撃が体を貫きました。

「すごい締まり具合だ。肛門小窩が根元に食い込んでくる。こいつはたまらんな」

「あう、アナルセックスなんて、お医者様のすることではありませんわ」

「なにをウブなことを。アヌスはねんねではあるまいし」

その言葉に、私は顔が真っ赤になりました。

「まさか、アナルバージンだったのか。そうかそうか。よし、ではこのスケベなお尻を私が女にしてあげようかね」

教授は鼻の下を伸ばし、さっきまでの威厳がうそのように、態度を変えて卑猥な声色を出しました。ここまでの色責めで、私の被虐性感はすっかりとろけきっていました。頭が真っ白になり、教授の言葉に逆らえませんでした。

教授は私のお尻に勢いをつけたピストンで侵犯してきました。自慢ではありませんが、夫からは白桃のようだと形の良さを褒められるお尻です。その熟れた双臀の谷間を両手でぐいと押し拡げられ、教授の太い男根でズボズボと未開の肉口を割り裂かれているのです。ぷっくりと膨らんだ桜色の蕾を、黒光りする亀頭で無慈悲に散らされました。

（ああ、あなた……ごめんなさい）

私は総身をガクガクと慄わせました。胸の内に、引き攣った悲鳴が噴きこぼれてきます。張り詰めた肉棒の感触に、排泄器官を浅ましく犯されているというおぞましい現実を否応なしに突き付けられます。

しかも、悔しいことに、確かに私は感じていたのです。初めてのアナルセックスで気持ち良くなるなんて。それも、よりによって忌わしい教授の男根に欲情するとは、私は本当に淫乱なのかもしれない。そう思うと、また涙がこぼれてきました。

「ん？　泣いているのかね。バージンを奪われるのだから痛いのも当然だろう。思いきり泣き叫びなさい。悲痛な表情を見せてくれた方が私も興奮するからねぇ」

激痛にもがこうとする双臀をグイと引き付けられ、肛肉をミシミシ軋ませるように教授の怒張が硬いすぼまりにめり込んできます。

「い、痛い……お尻の穴が破れちゃう」

双臀を引き裂く痛みに呻吟するように、貌を振って苦鳴をわめき散らしました。脂汗が滲み出た私の額には苦悶の皺が悩ましく刻まれていたことでしょう。

「ああ、もうだめ、ゆ、許してください……」

汗でじっとりと濡れた裸身を揺すり、必死に身を捩りました。先刻からマングリ返しの姿勢を続けているせいで、息も絶え絶えでした、それでも教授は抽送を止めませんでした。硬い亀頭が肛門管を突き破って、節くれだった野太い肉茎がアヌスの最奥へとズブズブと深く沈み込んでいきます。

「ひっく、ひっ、ひっ、ひいいっ」「うっ、うう」

脳天まで突き抜けるような一段と激しい痛みに仰け反った私は、貌をブルブル慄わせて断末魔の絶叫を迸らせました。

その瞬間アヌスが収斂し、強烈な括約筋の締め上げに教授も同時に果てたようでした。焼け爛れた鉄杭を打ち込まれたように双臀の芯がひりつき、ジンジンと痺れる疼痛が背筋を駆けのぼってきて身じろぐこともままなりませんでした。

教授と関係を迫られたのはその一度きりでした。きっと性処理用の女性は吐いて捨てるほど、他にもたくさんいたのでしょう。

結局、私はそれから五年間その病院に勤務し、教授が引退したのを機に退職しました。あのアナルの感懐は、ひと昔経った今でも忘れられません。

●毎朝ゴミ出しで顔を合わせるお隣の貞淑人妻が弱みを握られて肉棒に服従

万引き現場を目撃されて肉体契約に堕ちたご近所奥様

【告白者】斎藤信一（仮名）／42歳（投稿当時）／無職

念願のマイホームを新興住宅街に建てた矢先、会社の業績悪化でリストラされた私。再就職のあてもなく、妻に養われる失意の毎日をもう半年も過ごしています。

四十男が昼間からぶらぶらしているのは肩身が狭いのですが、パート勤めで朝早くに家を出る妻に替わって主夫業をこなしていれば少しは気も紛れます。それに、私には秘めた愉しみがありました。それは、毎朝ゴミ集積場でお隣の奥さんと顔を合わせることです。

お隣に住む田中家の奥さんは若く（妻の話ではまだ二十代前半だそうです）、キュートな顔立ちが魅力です。それだけでも十分そそりますが、ちょっと天然なところがあって、タンクトップ一枚のきわどい格好で、平気でゴミ出しにやってくるんです。

その日も、奥さんは両手に生ゴミの袋をぶら下げてやってきました。ゴミ袋は見るからに重そうで、パンパンに膨らんで今にもビニールが破れそうです。

「斎藤さん、おはようございまーす……あっ！」

私に手を振ろうとした途端、持ち紐がブチッと千切れて生ゴミをぶちまけました。

「あ～あ、やっちゃったわ」

「大丈夫ですか？　拾うのを手伝いますよ」

地面には野菜の切れ端とかと一緒に、丸めたティッシュやら汚れたナプキンなどが散らばっています。奥さんはそそくさとナプキンを拾い上げようとしました。

その途端、屈んだ胸元から谷間がくっきりと覗き、視線が釘付けになってしまいました。しかも、豊かな膨らみの先端にはピンク色のプックリとした突起が――。

（えっ？　もしかして、ノーブラ？）

思わず目を疑いましたが、見間違いではありません。

（まじか。いくらなんでも隙がありすぎでしょ）

私はドキドキしましたが、彼女はさほど気にする素振りはない様子です。

「ふぅ、助かったわ。おかげでゴミ収集に間に合いそう。田中さん、ありがとねー」

と屈託のない笑顔で自宅に戻っていきました。

その一件以来、私はお隣の奥さんがますます気に掛かるようになりました。白昼、部屋にいると奥さんの裸が脳裏に浮かんで悶々としてしまいます。

（いつかあの奥さんとヤッてみたい）

頭の中はもはや就活などそっちのけて、彼女をモノにすることでいっぱいでした。

意外にもそのチャンスは早々に訪れました。

その日の午後、私は夕食の材料を買い出しに近所のショッピングモールに向かいました。そこのテナントにはスーパーが入っていて、よく利用しているのです。

まだ夕方前なので、店内は思いのほか空いていました。私は買い物カゴを持ち、今夜の献立に迷いながら食料品売り場をうろついていました。と、数メートル先に見覚えのある女性がいるのに気付きました。田中さんの奥さんでした。

奥さんは薄いブラウスに、ぴっちりしたミニスカートといういでたちです。

思わず声を掛けようとしましたが、歩くたびにぷりぷり揺れるお尻にパンティラインがくっきりと浮かび上がり、息を飲みました。

奥さんは私には全く気付かず、肩から提げたエコバックを手に缶詰コーナーをゆっくりと回り、商品を手に取って眺めています。私はパンティラインに視線が釘付けになったまま、悩ましいヒップに惹かれるようにゆっくりと後ろをついていきました。

――と、奥さんがいきなりサバの缶詰をバックに突っ込みました。それも一つではなく、二つ三つとエコバックに入れていきます。

(これってまさか……万引き?)

そこは防犯カメラからはちょうど死角になっています。私はスマホを取り出し、彼女の行動をこっそり録画しました。尾行を続けると、今度はお菓子コーナーで珍味をバッグに放り込む彼女。もう間違いありません。これは絶対に確信犯です。

「田中さん」

腕をぐいと掴んで現場を取り押さえると、奥さんは私を見て慌てふためきました。

「あの、こ、これは……ああ、お願いだから見逃してぇ、通報はしないでっ」

「奥さん。ここではなんですから、別の場所で話しましょう」

フードコートで彼女に話を聞くと、万引きはこれが二回目だと白状しました。最近旦那の浮気が発覚し、むしゃくしゃしたので憂さ晴らしにやってしまったのだと言います。

「ふうん。じゃあ、旦那さんにはこの件をバラしてもいいんですね?」

私はスマホの動画を見せ付け、問い詰めました。

「だ、だめ。夫には言わないでください。別れるつもりはないんです」

「ほほぉ、告げ口はしないでもらいたいと。まあ、いいでしょう。口止め料をくれるなら旦那さんに黙っておいて差し上げましょうか」

「口止め料って、そんな……払えるお金なんて持ってないし」

「お金が欲しいだなんて言いませんよ。ほら、女にはお金以外にも払えるものがあるじゃないですか」

　奥さんの裸が脳裏に浮かび、股間がカァッと熱くなりました。彼女は私の下心を察し、顔を真っ赤にして俯いてしまいました。

「万引きを知られたら困るんでしょう。どうせ旦那さんも浮気をしているんだから、憂さ晴らしついでにどうってことないじゃありませんか」

「うう……そうね、本当に黙っていてくれるなら……」

　奥さんは根負けして、私の提案に承諾しました。

　私は奥さんを連れてショッピングモールのバリアフリートイレに向かいました。彼女の気が変わる前に、一刻も早くコトに及ぼうと思ったのです。

「え～、いやん、こんな場所でするなんて……」

不平を言う彼女を室内に連れ込み、扉の「閉」ボタンを押しました。赤いランプが点灯すると、彼女は観念したように大人しくなってモジモジしています。隙だらけな女だけに、口とは裏腹に興奮しているのがバレバレでした。

室内は意外に広く、大きめの洗面台なども備え付けられていました。その洗面台の縁に手を突かせ、立ちバックの体勢にして尻肉を撫で回しました。さすがに若いだけあって、張りのあるヒップは弾力たっぷりで、むっちりとした肉感にそそられます。

「奥さん、無防備すぎますよ。後ろから見たらパンティが透けて丸見えだ。これじゃ、どうぞ犯してくださいとケツを振って男を誘っているようなものですって」

わざと説教するような口調で言いながら、尻をぎゅっとひねり上げてやりました。

「あひぃぃっ」

「しっ。大声を出しちゃいけません。外に声が洩れちゃいますよ」

耳元で囁くと、彼女は無言で頷きます。調子に乗ってミニスカをめくり上げると、予想した通り、ローライズのパンティがお目見え。可愛らしい花柄のヒップハングでした。

「くぅ、エロいパンティを穿いていますね。こんなにいいカラダなのに、旦那さんに浮気されるなんてもったいないですよ。サレ妻になった気分はどうですか？」

「いやん、サレ妻なんて言わないでください」

彼女は恥ずかしそうに腰をくねくねさせます。股布を指でなぞると、そこはしっとりと湿っていました。オマ〇コがすでに濡れているのが丸分かりです。

一気にパンティをずり下ろすと、愛液がネチャッと粘って糸を引きました。私は尻肉をがばっと鷲掴みにし、剥き出しになった秘唇に顔面を埋めて鼻をぐいぐいと押し付けました。甘酸っぱい匂いが鼻孔をくすぐってきます。たちまちイチモツがカァッと熱くなって、ズボンが破れそうなほど勃起しました。

「クンクン……くはっ、奥さんのオマ〇コ、すごく濃厚なチーズみたいな匂いがする。よほど欲求不満が溜まっているんですねやっぱり、浮気者の旦那さんは最近かまってくれないんでしょう？」

「い、いやあん」

私は鼻先をなおも膣穴にググッと押し付け、首を振り振りめり込ませました。鼻面が白濁マン汁まみれになって、もうぬるぬるです。

「ひゃあっ、なに？　オチ〇チン？　え、鼻なのぉ……いやぁん、まるで亀頭でツンツンされているみたい。なんだかヘンな感じで……すごく感じちゃう〜」

「奥さん。大声を出すなと言ったのに困った人だな。上の口が閉じられないなら、こちらの下のお口を塞ぎますからね」

私はそう言って、奥さんの小ぶりなオマ〇コにペロリと舌を這わせました
「あんっ、だ、だめ……んくっ」

一瞬、ビクンッと仰け反った彼女。私に釘を刺されて恥じたのか、喘ぎ声は必死に飲み込んだようです。私は調子に乗り、さらに舌を差し込んで舐め続けました。

れろ、れろれろ、ぴちゃぴちゃ、くちゅっ、ぶちゅうっ！

「むふん、そんなにされたら、声が洩れちゃうぅ……」

奥さんの華奢な体はピクピクと脈打ち、膝をガクガク、ブルブルと震わせています。今にもトイレの床にへたり込んでしまいそうです。私は彼女のくびれ腰に手を回し、体を支えるようにして抱え起こしてやりました。

「感じすぎて腰が砕けちゃったようですね。もうチ〇ポが欲しくてたまらないんでしょう。顔にそう書いてありますよ。ごらんなさい。自分のマゾ面を」

眼前の大きな洗面鏡に映し出された奥さんの惚けた顔。目はとろんとして、ほんの

りと頬が上気しています。口元には涎の跡がぬめぬめと濡れ光っていました。

「いや、いやいや。恥ずかしい顔を見せ付けないでちょうだい……」

　奥さんは顔を背けようとしますが、私はその首根っこをぐいっと掴み、正面を向かせると浅ましい顔面をまざまざと凝視させてやりました。

「パンツの紐がゆるゆるのアバズレのくせに、なにを今さらしおらしいこと言っているの。鏡に映っているこの姿こそ、奥さんの本性じゃないですか」

　背後から手を回してブラウスをがばっとたくし上げると。パンティと同じ花柄のブラが露わになりました。そのブラをずり下ろすと、今度は愛らしい乳首がぴょこんと顔を出しました。Ｆカップはあろうかという奥さんのおっぱいですが、薄桃色の乳首は小粒で乳輪も小さめ。鏡の中で、その乳頭がにょきにょきと尖って、存在感を主張しているのです。

「乳首までこんなになって……興奮しているのが丸分かりですよ」

　勃起乳首をコリコリと抓んで愛撫しつつ、右手は股間に伸ばして蜜壷を弄りました。陰唇を掻き分けて指を突き立てると、ぬぷっ……とすんなり飲み込まれていきます。指を掻き回すとねちゃねちゃと卑猥な音が響きわたります。

指を引き抜くと、粘っこい愛液がツツーッと垂れ落ちました。二本指をOKサインのようにして、ねばぁねばぁとマン汁を弄びながら彼女の顔面に近付けました。

「ほら、発情している証拠です。それに、クリだってもうビンビンにおっ勃っているじゃないですか。正直に、チ○ポが欲しいと白状なさい」

「あわわ、言います、正直に告白します。オチ……オチ○ポが欲しいです。斎藤さんの硬くて逞しいオチ○チンが欲しくてたまらないですぅ。ひぃいいっ」

私はさっきから硬直しきった肉棒を奥さんのワレメにすりすりとなすり付けていました。その動きを感じ取ったのか、彼女も悩ましく腰をなよなよとくねらせています。

「ようし。じゃあ、しゃぶってもらいましょうか」

私は奥さんの体をくるりと反転させると、跪かせてフェラを命じました。男根を目の前に差し出すと、彼女は可愛らしい舌をチロチロと鈴口に這わせました。

奥さんのフェラ顔は、ズリネタとしていつも頭に思い描いていました。それが今、現実に目の前にあるのです。私は否応なしにペニスの血が湧きたつのを感じました。

かぽっ。奥さんが亀頭を口に含みました。そのまますぼめた唇を滑らせ、首をカクカクと前後に動かしながらストロークを始めます。

「しっかりと奉仕フェラしてくださいよ。手は一切使わないで」

肉棒の根元に添えた彼女の手をぴしゃりと払いのけ、ノーハンドフェラを強要しました。奥さんは言われた通り、口だけを使ってマラを咥え込みました。男根を振ると、それに操られて首振り人形のようにしゃぶりつく痴態は、まさにフェラの傀儡。

「もっと奥でチ○ポを味わってもらいますよ、ほら！」

腰にぐいと力を込め、ひねりを加えながらドリルチ○ポで喉元まで突き抉りました。失業して半年、暇を持て余して毎日センズリ三昧の私が編み出した秘技。コークスクリューならぬ、コックスクリューです。

「ん、んむぅ……ぶふっ」

奥さんは顔をしかめ、苦しそうに噎せました。目にうっすらと涙が浮かんでいます。その姿に嗜虐心を刺激された私はさらにチ○ポを奥に捩じ込み、口唇を串刺しにしてめちゃくちゃに嬲りました。彼女の顔面はみるみる真っ赤になって、ぷくぷくと口角泡を吹いて気絶寸前——。

髪を掴んで肉棒を引っこ抜くと
「ぷはあっ、はああーっ」

ぐちゅぐちゅの唾液が糸を引いて、口元からだらしなくだらだらと垂れます。彼女はうなだれてぐったりしていました。

「奥さん、まだ終わっていませんよ。今度は玉を舐めて」

「え？」

彼女がうつろな目で私を見上げました。

「袋の裏がむずがゆくてね。奥さんの舌で掻いてもらえませんか」

私は玉袋を彼女の眼前にぶら下げました。

「そ、そんなの――」

「おや、できないとおっしゃるんですか。ご自分の立場がわかっていないようですね。嫌だと言うなら。万引きのこと旦那さんにバラしちゃいますよ」

「んくっ、いやあ、それだけは……わかったわ。舐めます」

奥さんは股間に潜り込んで、玉袋にはむっとしゃぶりつきました。

「キンタマには指一本触れたらいけませんよ。使うのは口だけです」

今度も意地悪くノーハンドを命じました。奥さんは懸命に食らいついてきますが、私が動くたびに玉袋が揺れるものですから思い通りにはいきません。それでもパン食い競争の要領で首を伸ばしてキンタマに狙いを定めます。

「そうそう。上手いですよ、その調子」

私が舌遣いを褒めると奥さんは目を輝かせ、もっと褒めてと言いたげに玉袋に顔面をくっつけて舌を這わせました。陰嚢はあっという間に唾液まみれでベトベトです。熱い吐息でほかほかして、蒸しシュウマイみたいにふやけてくるのがわかります。

「くうう、たまんない。奥さん。挿れたくなってきた」

私は彼女を抱き起こし、再び洗面台の前に立たせました。そして、尻を突き出すように命じると、みなぎる欲棒を肉穴にずぶりと突き刺しました。

にゅぷっ……ぬかるんだオマ○コをマラの切っ先で掻き分けていくと、律動に合わせて柔らかな膣襞がぐにょぐにょと動いてチン茎にまとわりついてきます。膣壺をグリグリと掻き抉ってやりながら、私はチ○ポ淫蜜浴をたっぷり楽しみました。若い人妻のマン汁は回春効果がすさまじく、イチモツがはち切れんばかりです。

「あう、斎藤さんの、硬くてギンギンだわ。ずいぶん元気がいいのね」

「なにせ仕事もせずいつも家にいますからね。体力だけはあり余っているんですよ」

私は自虐ジョークを飛ばして、激しく腰を打ち付けました。

「ふぁっ、すごい、奥まで入ってくるぅ、ふにゃん、はふんん」

洗面台の鏡越しに奥さんのアへ顔を視姦しながら、私は肉棒を根元まで捩じ込みます。愛くるしいおっぱいも両脇からむにゅむにゅと揉み回してやりました。

「ああ、気持ちいいわ、あふん……ねぇ、斎藤さん、言う通りにオマ○コを差し出したんだから、万引きのこと夫には黙っていてくれるでしょ」

「ふふっ、どうですかねぇ。そいつは奥さんの心がけ次第ですよ。黙っていてほしいなら、もっと楽しませてくれないと」

私は乳房を揉みながら、便器の方へずりずりと移動しました。奥さんは戸惑っていますが、羽交い絞めのようになって逃れられません。

私は便座に腰を下ろしました。彼女もそれにつられて私の股間にぺたんと座り込みます。ちょうど背面座位になった格好です。

「いやあん、ウンチするみたいな恰好でセックスをするなんて……」

一瞬愚痴をこぼす彼女でしたが、拒めばどんな仕打ちを受けるかわかっていますから、それ以上逆らうことはありませんでした。

私は奥さんのくびれを掴み、彼女の腰をぐっとイチモツに引き寄せました。挿入がより深くなり、マラの先端が子宮口にめり込むのがわかります。

「ほら、奥さんも感じるでしょ。もっと気持ちよくなるように、自分で動いてみてよ」

奥さんは素直に腰を上下に動かしました。

「もっと早く動かして」

命じられるまま、膝に手を突いて屈伸ピストン運動をする彼女。

「ああん、あふ……ん」

「いいぞ。ほら、覗いてみて。膣にチ○ポが刺さっているのが見えるでしょう」

「そんな恥ずかしいこと、言わないでください……いや、ああ、ああんっ」

たまらなくなった彼女が一際大きな喘ぎ声を張り上げた、その時です。

ドンドンドン。ドアを強めにノックする音にドキッとしました。

「あの、まだかかりますか。子どものおむつを替えたいんですけどぉ」

「あ、す、すみません。もう出ますから」

私たちは慌てて服の乱れを直して外に出ると、個室からカップル連れが出てきたことに驚く女性を尻目に、そそくさとその場を後にしたのでした。

それからも奥さんとはお隣のよしみで「ご近所突き合い」を続行中です。

第三章 歪んだ愛欲を優しく受け入れる女たち

●義姉が僕の使用済みパンツで自慰に耽っている現場に発情してしまい……

一つ屋根の下、憧れだった義姉と禁断の膣射筆下ろし

【告白者】岡崎登志夫（仮名）／18歳（投稿当時）／浪人生

大学受験に失敗し、ただいま浪人真っ最中の僕。でも、近頃はまったく勉強が手につきません。なぜって、十歳年の離れた長兄が半年前に結婚して、義姉が一つ屋根の下で同居することになったからです。

「夜食を作ったから食べてね。栄養をいっぱい取らなくちゃ」

義姉——玲子さんは何かにつけて僕を気遣い、優しく世話を焼いてくれます。玲子さんは現在、24歳。はちきれんばかりのむちむちボディの持ち主で、野球部にどっぷりの高校生活で彼女いない歴十八年の童貞には眩しすぎます。

「あ、うん、そこに置いておいてよ」

ぷん……と甘ったるい匂いが鼻腔をくすぐります。

「トシオくん、割と筋肉質なのね。かなり部活に打ち込んだんでしょ」

玲子さんの視線は、心なしかねっとりと粘り気を帯びているようでした。

「ま、まあね。勉強そっちのけだったから、おかげで大学に落ちちゃったけど」

股間は熱くなり、勃起を悟られまいと僕は赤くなった顔を背けました。

（くそ……今日もまたオナニーがしたくなってきた。こんなに毎日マスを掻いていたら、本当にバカになっちゃうよ）

義姉がいなくなったのを見届けると、僕は我慢できなくなって、ティッシュを取り出しチ〇ポをしごき立てました。

そんなある日の午後。リビングで一息つこうと部屋から出て洗面所を通りがかった僕は、洗濯機の前で義姉が何やらこそこそしているのを見かけました。

こっそり様子を窺うと、玲子さんは洗濯物カゴからザーメンがべっとりと染み付いた僕のパンツを取り出し、クンクンと匂いを嗅ぎながらオナっているではありませんか。

まさか、義姉がそんな大胆なことをするとは思ってもいませんでした。

この日はたまたま両親が旅行で留守にしており、兄も会社に出勤していますから家には僕と義姉の二人きりです。たちまち劣情がこみ上げてきました。

「玲子さん、僕のパンツで何をしているんだよ」

「きゃっ、トシオくん……いやっ、は、恥ずかしい、見ないでちょうだい」

「玲子さん、人妻なのに僕のことをそんな目で見ていたんだね。僕のザーメンがいっぱい染みこんだパンツの匂いを嗅いで、自分でアソコを触って……。僕だけじゃなくて、玲子さんもやっぱり興奮してくれていたんだ。すごくうれしいよ」

「ああん、ザ、ザーメンだなんて、そんないやらしい言葉を使わないで……」

夢中になって自らを慰めていたらしく、玲子さんの肉体は上気していました。その悩ましい姿に僕は狂おしいほど欲情して、彼女にしがみつくと背後から股間部分に硬くなった怒張を擦り付けました。

「ああっ、だめ、だめよ。オチ○ポ、そんなところに擦り付けないでぇ」

「玲子さんのオマ○コ、すごく熱く火照ってるよ。もうヌルヌルになっているんでしょ」

「いやん、ばかね……そんなことを言うものじゃないわ」

「僕、玲子さんと前からヤリたかったんだよ。ああ、我慢できない、玲子さん、セックスさせて。僕のオナホールになってよ」

なんてことを言ってしまったんだよ。相手は実の兄貴の嫁さんだぞ……咄嗟にそう思いましたが、こうなったらもう後には引けません。僕は背徳感に身を任せるまま、ガクガクと腰を震わせて割れ目に亀頭を押し付けました。うなじに顔を埋めるとムンとむせるような香りが鼻を突きます。これが発情した牝のフェロモンなのか……その匂いをたっぷりと嗅ぎ、鼻孔に吸い込みながら、まばゆいばかりの真っ白な首筋にムチュッムチュッと何度も口づけの雨を降らせました。

不意に、玲子さんの体から力が抜けたような気がしました。僕は腰を密着させたたま、彼女のパンツを捲り上げて必死に訴えかけました。

「い、いけないわ、セックスなんてだめ。私は人妻よ。あなたの義理のお姉さんなのよ。こんなこと許されないわ……ああ……ん」

「そんなこと言ったって玲子さんのオマ〇コ、もうビチョビチョに濡れて……こんなにもピクピク震えてるじゃないか。玲子さんも本当は欲しいんでしょ。真っ昼間から欲情しているなんて、兄貴とはちゃんとセックスしているの？」

「あん、彼は最近お仕事が忙しいから……いやん、言わせないでちょうだい、あはぁん、そんなばかなこと聞かないでっ」

痛いところを突かれたのか、玲子さんは顔を真っ赤にして狼狽していました。その姿がますます僕を奮い立たせました。

「こんなに素敵な奥さんを放っておくなんて、兄貴の奴、おかしいよ。僕が旦那さんなら絶対に玲子さんに寂しい思いなんてさせないのに。毎日たくさんキスして、セックスして、いっぱい抱いてあげるよ。僕、夢の中では毎晩のように玲子さんと愛し合っているんだ……くう、想像したら我慢できなくなってきた。玲子さん、お願いだからセックスさせて。欲しくてたまらないんだ、義姉のオマ〇コ……ねぇ、カノジョになってよ」

くびれた腰を背後からがっちりホールドし、逃さないように密着しました。玲子さんはチン汁がガビガビにこびりついた僕のパンツをまだ握り締めています。僕は彼女の手から下着を剥ぎ取ると、丸めて彼女の口に押し込みました。玲子さんの唾液でザーメンが溶け出し、生臭い精子の匂いが漂います。その牡臭に彼女も欲情を昂ったようでした。

玲子さんはすっかり脱力して、カクンと膝からくずおれると力なく洗濯機に突っ伏してしまいました。股を開いたまま、太腿をぷるぷると震わせています。僕は玲子さんに覆いかぶさるようにして背中から抱きすくめました。おのずとお尻が後ろへ差し出される恰好になり、わなわなと震える秘唇が男根をグイグイ圧迫してきます。

頭に……亀頭にかぁっと血が昇り、僕は一気に彼女のパンティをずりおろしました。そして、うっすらと口を開けた膣孔に怒張の先端を突きつけて狙いを定めました。

「んん……くはっ、パンツを口に噛ませるなんてひどい。トシオくんの精液の味が口内にまだ残ってる。匂いも鼻にこびりついて……ああ、おかしくなりそうよ。カノジョなんて無理……そんなのだめ、許されないわ」

義姉は必死に抵抗しますが、男の力に敵うはずありません。それに体は鍛えているので、腕力には自信があります。僕は玲子さんを組み伏せ、美乳を揉みしだきました。そうして亀頭の先端を膣口に沈め、せがむように首筋へぶちゅぶちゅとキスの雨を降らせます。

「あん、いやあっ、オチ○チンの先っぽ、ちょっと入ってるってば」

玲子さんは腰をクイと引き、まだ懸命に最後の一線を守ろうとしています。その貞淑さがますます僕を前のめりにさせました。

「カノジョが無理なら、せめて初体験の相手になってよ。それならいいだろ。玲子さんのおっぱいとオマ○コの感触、知っちゃったんだから。このまま経験できなかったら、玲子さんのことで頭がいっぱいでますます勉強が疎かになっちゃうよ。だからいいだろ、一度だけセックスさせて。ね、お願いだよ」

　腰をカクカク振りながら必死で懇願すると、玲子さんは情にほだされたのか抵抗を止め、コクリと小さくうなずきました。

「もう……仕方ない子ね。わかったわ、一度だけよ。これでいつものトシオくんに戻って、受験勉強をちゃんと頑張ると約束してくれるならいいわ」

「筆下ろししてくれるんだね、玲子さん。やったあ、憧れの義姉さんと初体験できるんだ。毎日オカズにしてたこのオマ〇コを僕のモノにできるなんてたまらないよ……はぁはぁ、いいんだね、義姉さん。チ〇ポ入れちゃうよ」

　僕は腰を突き出し、はちきれそうなほどいきり勃つ怒張を膣口にくぷくぷ沈めました。

「むうん、入ってきてるわ、オチ〇チンがゆっくりと……あう、やっぱり鍛えているだけあって、トシオくんのオチ〇チン逞しいわ。それに、すごく大きい」

「本当？　兄貴のよりも大きい？　兄貴とするよりも気持ちいいの？」

「いやあん、そんなこと恥ずかしくて言えないってばぁ」

　ふるふると首を振る玲子さんの顎をグイと引き寄せ、口をこじ開けると強引にディープキスで舌を捩じ込みました。舌をレロレロ動かすと玲子さんの甘い唾液が口の中に入ってきて、僕はゴクリとそれを飲み込みました。そうして、さっきよりも大きく腰を前に突き出し、憧れの義姉の膣穴へ童貞肉棒をずぶずぶと奥まで突き刺しました。

「あひぃぃっ、奥まで入ってくる。トシオくんのぶっといイチモツが私の奥まで……ああ、なんてことなの……ひぃっ、あなた、ごめんなさいっ」

玲子さんは美貌を苦悶に歪めて、うわ言のように呻きました。罪悪感に打ちひしがれているようです。僕は玲子さんと一つになれた悦びで胸がいっぱいで、肉棒を埋めてギュッと抱きつき、頬を背中に擦りつけて甘えるようにじゃれつきました。

「くああっ、女の人のオマ〇コってこんなに温かくて柔らかくて気持ちいいんだね。中がすごくクニクニしてて、チ〇ポに絡み付いてくる。ちょっと動いただけでいっぱいの襞でネチョネチョ撫で回されて腰がとろけそうだ」

僕は玲子さんの膣穴の名器ぶりを熱弁し、こみ上げてくる熱い快感にブルブルと身震いしながら必死でくびれ腰にしがみつきました。

「ああ、中の様子、そんなに詳しく説明しないでぇ……ひぃん、恥ずかしい」

玲子さんは僕の腕から逃れるのを諦めて、恥ずかしそうに顔を両手で覆い隠しました。すると、自ら視界を塞いだことで、膣内の感覚がより鮮明になったのでしょう。玲子さんは吐息交じりに、1オクターブ高い喘ぎ声を漏らしました。

「チ○ポの律動をより生々しく感じているんでしょう。男根の感触を頭の中にはっきりと描いているんだね。スケベだな、義姉さんは」

「あふん、いやぁ、くふっ」

やっぱり欲求不満がかなり溜まっていたんだ……悶絶する玲子さんの痴態を見て、僕はそう確信しました。玲子さんの媚肉は狂おしいほどに火照って、柔らかな襞がグニグニと悩ましく肉茎に絡み付いてきます。膣奥から蜜のような熱いジュースが染み出してきて、トロトロのオマ○コにどっぷりと漬かりました。ピストンするたびにぬちゃっ、くちゅっ、ぴちゅっ、となんともいやらしい音が耳に響き渡りました。

「玲子さんのオマ○コ、ますますヌルヌルになってきたよ。中がクニュクニュって動いて、すごく感じちゃう。本物のオマ○コって、こんなにいやらしいんだね。今まで使っていたオナホとは比べものにならない。全然違うよ」

「あはあん、オナホだなんて、そんないやらしい道具なんかと比べたらイヤだわ……

私のアソコ、そんなに気持ちいいの？　トシオくんが感じてくれて嬉しいわ」

悦びを体で表すかのように、玲子さんの蜜壷がちゅぽちゅぽとまた淫らに蠢いてチ○ポにすがりついてきます。その恥肉のうねりに、じっとしているのも辛いほど追い込まれて僕は玲子さんのくびれを両手でしっかりと掴み、肉棒をゆっくりゆっくりと動かしました。

腰を後ろに引こうとすると、抜かないでとせがむように粘膜がヌチュヌチュと肉棒にまとわりついてきます。腰が砕けそうなほどの快感のなか、僕はぎりぎりまで肉棒を出し入れしながら、ネトネトに濡れそぼった膣襞の触感を楽しみました。

「すごい。一度出し入れしただけで、腰が抜けそうだ。くああっ」

「あん、トシオくんのオチ○チン、カリがすごいわ、エラが逞しく張っていて引っ掛かるの……ひいいっ、あんまり中で動かさないで。硬いのでゾリゾリ擦りあげないでぇ」

「くくくっ、兄貴の先細りチ○ポじゃ、やっぱり物足りなかったんだね」

これまで勉強でもスポーツでも劣等感を抱いてきた兄貴に初めて勝てた気がして、僕は奮い立ちました。ここぞとばかりに張り出した亀頭の傘で膣をムリムリと掻き分け、イチモツを奥へと挿し込みました。たちまち無数の肉突起が肉幹を全方位からヌチュヌチュと撫でてきて、僕は豊満な肉尻に必死にしがみついてなんとか息を整えます。

そんな僕を見て、玲子さんは組み伏せられた体勢とは裏腹に、優越感を抱いているようでした。上半身をぐったりと投げ出しながらもフリフリと揺れる尻を高く掲げて、女豹のようなポーズで挑発してきます。今まで両親や兄貴の前ではお淑やかで上品な印象だったのに、僕には淫らな本性を見せてくれているんだ……そう思うと興奮しました。

「ああっ、玲子さんが……兄貴の嫁さんが義弟のチ○ポでオマ○コをこすられて色っぽい声を……僕とのセックスでこんなにも感じてくれているなんて……くうう、たまらないよ、もっともっと、いっぱい感じて。いやらしい顔を見せて、玲子さんっ」

「べ、別に感じてなんて……そんなはしたない女じゃ……あん、中が熱くこすられてヒリヒリしてるわ。義理の弟にこんなにされちゃうなんて私……トシオくんってば、初めてのくせにどうしてこんなに上手なのよぉ……」

褒められて、僕はますます調子に乗ってしまいました。これも毎晩のように玲子さんをオカズにセックスシミュレーションを繰り返してきた賜物です。

玲子さんの膣穴はますますジンジンと熱く疼き出して、染み出した大量の淫汁でさらにヌチュヌチュと淫靡にぬめりを帯びてきました。肉襞がヒクヒクと淫らにうねってまるでイソギンチャクみたいに肉棒にまとわりついてきます。

「うは、玲子さんのヌチュヌチュオマ○コ、チ○ポが奥まで入るたびにキュルキュルって締めつけてくるよ。中がすごく熱くてチ○ポがとろけちゃいそうだ」

「いやっ、そんな風にいやらしく実況しないでってば」

そう言われても、僕としては憧れの義姉との初体験に感激して饒舌になってしまいます。それが玲子さんにとって羞恥攻めとなるとは、思いもよらないことでした。

僕はとうとう体を起こしていられなくなり、上体を突っ伏して玲子さんの背中にもたれかかりました。玲子さんのうなじに顔を埋め、しっとりと汗ばんで色っぽさを増した牝の甘ったるい体臭を鼻腔いっぱいに吸い込みました。ハァハァと荒げた息を玲子さんの耳朶に吹きかけ、ねちょねちょとねちっこく舌を舐め上げました。

「ひゃあっ、耳を舐めないでぇ。ああん、だめ、甘噛みなんてされたら……」

うなだれる玲子さんを尻目に、僕は震える耳にかぶりついてレロレロ、チュパチュパと舌を這わせ、同時に亀頭の先っぽで膣奥をグリグリとなぞりあげました。

「玲子さん、感じているなら、ちゃんと言葉で聞かせてよ。気持ちいいって、義姉さんの口から、その色っぽい声で聞かせてほしいんだ」

思いの丈を必死に口走りながら、柔らかな耳たぶをカジカジと噛んで、耳の穴にねっとりとむしゃぶりつきました。ぬめりに疼いたところで不意に甘く歯を立てると「ひっ」と首をすくめて困惑したように身を硬くする仕草がそそります。

「くふっ、き、気持ちいいわ。旦那のよりも感じてる……こ、これでいい？」

「だめだよ、そんなおざなりな言葉じゃ。もっと気持ちを込めて言ってくれなくちゃ」

僕はグイと腰を突き出して、チ○ポをさらに奥まで捩じ込んでやりました。

「あひっ、そんな奥まで入れられたらオマ○コ壊れちゃう……うう、ぎ、ぎもぢいいいい、トシオくんの大きくて硬いのが私のナ、ナカで動くたびに膣が熱く火照って頭がビリビリ痺れてしまうの。ああ、クリも腫れ上がってビンビンだわ。もう嫌ぁ……こんなこと言わせるなんて……あんまり生き恥を掻かせないでぇっ！」

語るに落ちるとは、まさにこのこと。頼みもしないのにクリの勃起まで自ら打ち明けた義姉の淫らな告白に、僕はますます昂奮を駆り立てられました。

「玲子さんのエッチなクリ、僕も触ってみたい」

僕は玲子さんの股間に手を伸ばしました。クリなんて見るのも触るのも初めてなので、正確な位置はよく知りません。しかも、立ちバックの体勢ですから、背後から手を回して触る恰好になります。ＡＶで仕入れた知識をフル稼働して（大体、この辺かな）と見当をつけ、おぼつかない指捌きで手探りしていきます。

「あん、違う、そこじゃないわ、もうちょっと上……」

玲子さんに誘導されるまま、陰毛を両手で掻き分けながら弄ると、ワレメの先端の少し肉ビラがだぶついた辺りにニョキッと伸びた肉芽が指に触りました。

「あ、あふっ、そこ……シコリみたいに硬くなっているの……わかるでしょ」

「すごい、これが玲子さんのクリトリス……ねぇ、女の人のクリも気持ちよくなると男が勃起するみたいに硬くなるんでしょ。こんなに大きくなっているということは玲子さんも欲情しているんだ。やっぱり僕のチ○ポで感じてくれているんだ。そうなんだよね」

僕は夢中でクリをまさぐりながら、矢継ぎ早に責め立てます。

「んむぅぅ、そ、そうよ、トシオくんの、オチ○……ポ、熱くて硬いオチ○ポで感じてる。あひぃ、奥をズンズンしないで、き、気持ちよすぎるからぁ……くうん、そこ、ズリズリしちゃだめ、おかしくなっちゃう、クリが熱いわ、ズキズキしてるのぉ……ああんっ」

玲子さんは澄んだ美しい声音を震わせて、淫猥な単語を大声でまくしたてました。理性が崩壊してしまったようで、義姉のこんな姿、もちろん今まで見たことがありません。

僕は感極まって玲子さんの腰にギュッとしがみつき、染み出た愛蜜が滴り落ちて太腿に垂れるほどビチョ濡れになった淫らな蜜壺めがけてジュブジュブとひたすら腰を突き立てました。同時に腫れぼったい肉豆を指で抓んで、こよりのように捩じ上げます。思うままに肉欲を貪り、クラクラするような興奮に酔い痴れました。

「玲子さんが淫語を言っているのを見て、ものすごく興奮したよ。オナニーのときも義姉さんがエロいこと言う姿を想像していたけど、その倍……いや、十倍エロかった。まさか玲子さんがこれほど淫乱とは思わなかったよ……ねぇ、兄貴とのエッチでもあんな卑猥な言葉を使っているの？　教えてよ、これからもオカズにするから」

「んはぁ、やめて……なんていやらしい子なの。それに、頭の中で……ああ、私に卑猥な言葉をたくさん言わせて楽しんでいたなんて、信じられないっ」

「いいだろ、他人じゃないんだし。僕、今まで毎晩、頭の中で玲子さんをとびきりのズリネタにしていたんだ。熟れた身体をセクシーな下着に包んで見せつけてきて、いやらしい言葉で僕を誘惑してザーメンを何度も搾り取る姿を想像していたんだ。だって、一つ屋根の下にこんなエロい義姉さんがいるんだもの、仕方ないじゃないか」

「あう、私を卑猥な目で見ているのは気付いていたわ。でもそんないやらしすぎることを考えていたなんて。身勝手な妄想で私を凌辱して、精の掃き溜めにしていたなんて……」

玲子さんはそう口走りながら、言っているそばから下の口でイチモツをぐいぐいと食い締めてきます。自分が性処理の道具にされている光景を思い浮かべると、倒錯した興奮でオマ〇コが淫らに収縮して条件反射みたいに止まらないのでしょう。

たちまち、たまらない締めつけが僕を襲います。こみ上げる強烈な射精衝動の前にガクガクと腰を震わせ、僕はしっとりと汗ばんで熱く火照った玲子さんの体にギュッとしがみつきました。そして肉棒を根元まで捻じ込み、膣壁に亀頭をグリグリと押し付けました。

「く、くああっ、玲子さん、僕もう出るよ、射精しちゃうよぉっ」

「いや、だめよ、いくらなんでも中出しなんて、それだけは……ひゃあ、子宮の入り口にオチ○ポ当たってる、くふうっ、中でビクンビクン脈打っているわ。ああ、トシオくんのオチ○チンが、精子を私の中に出そうとしているのね。あふん、欲しいわ、ドロドロした熱いザーメンが欲しい、全部受け止めてあげたいわ。でもだめ、やっぱりそれだけは……私は人の妻だもの、あなたのお兄さんの奥さんなんだもの」

背徳の興奮に酔わされていた玲子さんはハッと我に返って、もがきながら抜け出そうと必死に抗います。しかし、こちらの欲望ももう歯止めは効きません。玲子さんを背後から羽交い絞めにし、がっちりと抱え込んでやりました。洗濯機に押し付けられた豊満なおっぱいがぐにゅっとひしゃげて。むにゅむにゅと卑猥に変形しています。

僕はさらにググググッと彼女にのしかかると、最後の悪あがきに肉棒を猛烈に振り回して膣穴をグリグリと縦横無尽に穿ってやりました。

「玲子さん、いいでしょ……玲子さんのオマ○コが好きだ、大好きなんだ」

僕は膣内射精の許しを乞うように、張り詰めたマラで膣奥を執拗にノックし続けました。

「いやん、さっきから奥ばかりズンズンしてきて……オマ○コがジュクジュクに痺れて、ああん、だめぇ、もう何も考えられなくなってしまうわ」

「いいんだよ、玲子さん。なにも考えずに、僕のことだけを考えて。僕は玲子さんのことばかりを考えているんだよ。やっぱり玲子さんのオマ○コに射精したい、いっぱいの精液で玲子さんの膣を満たして最高の初体験にするんだ。だって、毎日それだけを考えているんだから。その夢が適わなかったら、勉強に集中できないよ」

　玲子さんの表情が一瞬、変わりました。切なる訴えが義姉の胸を突き動かしたようです。さっきまでの抵抗が嘘のように、玲子さんの体から力が抜けてピストンに身を委ねます。夫ではない男性——しかも義理の弟のスペルマを膣内に注がれるという最大の不貞を前に、玲子さんは背徳のあまり打ち震えていました。それでも牝の本能に突き動かされて、肉棒を抜き差しするたびにアン、アンと悩ましい喘ぎ声をあげて淫らに悶えます。

「ああ、出されちゃう。トシオくんに……夫の弟に、子宮に熱いザーメンを浴びせられてしまうのね。いいの？　これで……ううん、きっといいのね。これでトシオくんが勉強に打ち込んでくれるなら。これもこの家の嫁としての務めだわ……」

　玲子さんは、熱に浮かされたように呟いていました。心の声がいつの間にか漏れているのにも全く気付いていなかったようです。

やがて、玲子さんは観念したように美尻をクイッと後ろへ差し出しました。

(これはきっと、中出しオッケーのサインに違いない……)

そのポーズを無意識の受け入れ体勢と見た僕は、玲子さんの覚悟に応えるように抽送に力を込めて怒張を膣の最果てまで突き刺しました。そして、一刻も早くザーメンが欲しいとせがむようにヒクヒクと収縮する子宮口めがけて、亀頭をヌプリとめり込ませて膣奥へと狙いを定めました。その瞬間——、
ぶぴゅ、ぷぴゅぴゅ、びゅるるるんっ!

激しい痙攣とともに、精の放出が始まりました。

「くあっ、出るっ出るっ、玲子さんのオマ〇コに僕の精子が……ああ、止まらないよぉ、ビュクッビュクッと精が弾けるたびに体がビクビク激しく痙攣して、腰が抜けちゃう!」

「ああっ、いっぱい出てるっ、トシオくんの熱いザーメンで私のオマ〇コ、タプタプだわ……どうしてこんなに……すごくいっぱい出るのね、いやあああん」

憧れの玲子さんに中出ししてる——そう思うと、嬉しすぎて射精が止まりませんで

した。チ〇ポが壊れたみたいドクドクと脈打ち、精液がとめどなく溢れ出してきます。

（うう、チ〇ポが壊れてバカになっちゃったみたいだよ）

オナニーでは味わえない快感に、僕はぐったりして惚けてしまいました。

それから三ヶ月。勉強はまだほとんど手に付きません。明日は模試なのに、合格判定はたぶんE確定。義姉がエロいおかげで、来年もまた浪人してしまいそうです。

●不倫中の可憐な女性に恋をした男子学生がストーカーに！

思いを寄せる女性と初老男の不倫に激怒し強制性交!?

【告白者】大迫翔（仮名）／20歳（投稿当時）／大学生

ボクはとある地方大学の二年生です。入学と同時に親元から離れてひとり暮らしして今年で二年目。内向的な性格で友達もいません。たまに工場で組み立てのアルバイトをする以外は、学校とアパートとの往復です。

アパートではほとんどゲームかネットをして過ごします。成績が良いとはいえないので、どんな会社でもいいからとりあえず正社員になれればいいと思っています。それはさておき、冬休みをひかえたある日のことでした。

ボクは学務係に学割を発行してもらいに行きました。正月に実家に帰省する予定でしたから、往復の鉄道で使おうと思ったからです。ちなみにボクが通っている大学は校舎がとても古く、木造の二階建てです。レトロといえば聞こえはいいですが、単に古くて汚い校舎なので学生には不人気です。最近は入学者も定員割れしているらしいです。

ボクは、午前中の授業が終わったあと、ギシギシと鳴る廊下を歩き学務係に向かいました。単科大学らしくこじんまりとしていて、働いているのは人生をあきらめてしまったようなおじさんばかりでした。

しかし、この日、ボクはとんでもない出来事に遭遇したのです。それは、学務係に若い女性が座っていたからです。ボクは目を疑いました。ところでボクが通う大学は理学部と工学部しかなく高専に毛が生えたみたいな学校でした。女子は学年でふたり。ルックスはお世辞にも良いとはいえません。いま思うと、若くてルックスが良い女性に対する免疫がほとんどありませんでした。

そんなわけで、学務係に若い女性がいるというだけでも驚きなのですが、その女性が目を引くビジュアルだったことで、ボクのテンションは爆上がりしました。その女性は松永美子さんという名前でした。年齢はボクと同じくらいでしょうか。

その日から、ボクはなんだか毎日にハリが出てきたように感じていました。もちろん松永さんが原因です。どうにかして彼女と親密になりたいと思ったボクは、なんでもいいから用事をつくって学務係に顔を出すようにしました。

ボクは大学まで自転車で通ってましたが、大学内の道の舗装があちこち剥がれていてデコボコになっているため自転車がガタガタして壊れそうとか、学内の桜の木が市道にはみ出していて、通行人のジャマになっているとか、クレームまがいのことを伝えます。もちろん、学務係にそんなことをわざわざ言いに行く学生などボクくらいしかいませんから、相当目立っていたと思います。

何回か顔を出したとき、松永さんがまたキミか……みたいな顔をするのがわかりました。学務係は入試のとき以外は、たいした仕事はなさそうでしたから、迷惑そうな顔というわけではなく、ずいぶんと熱心な学生さんだことみたいな感じでした。

それから約一ヶ月が経ちました。ボクは週に一度は必ず学務係に顔を出すようにしていましたから、松永さんと世間話をするくらいの関係にはなりました。彼女がいうには、正規の職員ではなくて派遣会社の紹介できたとのことでした。

ところで、ボクが所属している研究室は、教授が酒好きで月にいちど研究室の学生たちを連れて飲みに行くことがありました。そのときは大学からみんなでバスに乗ってターミナル駅まで向かいます。駅の周辺は繁華街になっていて、そこにある居酒屋に入るのがいつものパターンでした。

十二月のある夜、研究室全体で駅周辺の居酒屋で飲み会があり、その帰りのことでした。ボクは大学の近くに住んでいたので、バスで大学付近に戻るのですが、その前に、酔い覚ましにすこし散歩しようと思い、ほかの学生と別れてそのへんを歩きます。駅周辺はあまり来たことがなかったのですが、散策すると意外と賑わっていてびっくりしました。飲み屋の類いはもちろん、すこし離れた場所にはラブホテルが数軒並んだ場所もありました。

ボクは興味本位から、ラブホテルの前を歩き、また引き返してこようと思いました。ちなみに、ボクは童貞です。いつもスケベな妄想を思い描いては、自分でシコシコしていました。当然、松永さんもボクのオカズのラインナップに加わっています。

ボクはラブホテルの悩まし気なネオンサインをチラチラと眺めながらゆっくりと歩きます。すると、隣のラブホテルから、一組のカップルがちょうど出てきたのです。後ろ姿しか見えませんでしたが、女性は若くて男性は初老という雰囲気でした。

見るからに訳あり。おそらく不倫のカップルか、もしくはそういう商売の女性と客のふたりでしょう。ボクは何だか憂鬱な気持ちになり、引き返そうとします。そのとき、カップルが左の路地に入ろうとして、女性の横顔が見えました。驚いたことに松永さんでした。

ボクはあまりのショックで動けず、女性の横顔を凝視していました。そのとき、隣にいた初老の男性の顔も見え、学務係の奥に座っている職員だったのです。初老の男性の名前は知りませんが、机の位置から考えて、いちばん偉い人だと思います。

どうして松永さんが、そんな初老の男性と……ボクはパニックでした。松永さんの相手が、若い男性ならまだ理解できます。しかし、よりにもよって同じ学務係の初老男性となぜ。ボクのショックをよそに、ふたりは身体を寄せ合ったまま路地に消えていきました。

ボクは呆然とその場に立ち尽くしていました。松永さんを恋人にしたいと、大それたことを妄想していたわけではありません。ボクの一方的な片思いです。しかしどうして松永さんの相手があんなオヤジなのか。ボクは立ち尽くしながら、頭のなかで何度も繰り返してしまいました。

その日、ボクは眠れませんでした。松永さんに確認したい気持ちは強かったのですが、本人にきくことはできませんし、ボクと松永さんは大学職員と学生という関係でしかありません。眠れずに考えた結果、ボクは松永さんを監視しようと決めたのです。

次の日から、ボクは松永さんが帰宅する時間をチェックすることにしました。そのままあとをつけてもよかったのですが、まとめていろいろやろうとするとどっちつかずになってしまいます。

最初の半月は、松永さんが大学を出る時間をチェックしまとめました。仕事を終えるのは基本的に午後五時半。火曜日と木曜日は学務係全員が残業することになっているようで、大学を出るのは午後七時半でした。また、始業時間は毎日八時半です。

いちばんの問題は、松永さんといっしょにホテルから出てきたオヤジの存在でした。あとでわかったのですが、オヤジは学務係の責任者です。年齢は還暦に近いのではないでしょうか。松永さんとオヤジとの年齢差も問題ですが、オヤジに妻子があるかどうかも大切なポイントです。オヤジが既婚者なら不倫ということになり、オヤジの社会的地位を危うくするでしょう。

とはいえ、これもオヤジに直接きくわけにはいきません。私は調査に時間がかかるかもしれないと思う一方で、やる気がみなぎるのも感じていました。そして半月後、いよいよ行動に出ます。

ある火曜日、つまり学務係全員が残業の日。大学の授業を終え、すでに帰宅していた私は、ふたたびアパートから大学に出かけて行きました。まずオヤジの動向を探るためです。そろそろ秋の気配が感じられそうな次期でしたので、午後七時半というとかなり薄暗くなっています。

私は大学の外の生垣付近に身を沈め、学務係の職員が出てくるのを待ちました。そして午後七時四十五分、学務係のオヤジ含め、全員が校門から出てきます。当然そのなかに松永さんもいました。しかし、松永さんとオヤジは何の関係もなさそうに距離を置いています。そのとき私は、直感でふたりは不倫に間違いないと思いました。

そして学務係の職員たちは三方向に別れていきます。松永さんとオヤジは別の方向です。私は、迷わずオヤジのあとをつけました。オヤジとの距離、約五十メートル。ちょっとした探偵の気分です。タクシーに乗られてしまうと困ると思っていたのですが、オヤジは大学の東側をまわり、裏手の方に歩いていきます。

約三十分ほど歩いたでしょうか、一軒家が立ち並ぶ住宅街に入り、オヤジはそのなかのひとつの一軒家の前で立ち止まりました。ほどなくして玄関のトビラを開けて出てきたのは中学生くらいの女子と、小学校高学年と思しき女児でした。

大歓迎という雰囲気には見えなかったものの、殺伐とした感じにも見えません。それよりもオヤジは結婚していて子供がいるということもわかりました。私は怒りがこみ上げます。私は、オヤジにわからないようにスマホで写真を何枚か撮りました。はじめから写真を撮るつもりでしたので、タイミングを待っていたのです。

この日はそれで帰りました。それはともかく、私はますます訳がわかりません。なぜ松永さんのような若くて魅力的な女性が、妻子ある高齢のオヤジと付き合っているのか。オヤジに弱みを握られて脅かされているのではないかとも思いました。

そして今度は松永さんをつける番です。オヤジの自宅を突き止めた一週間後、今回もまた学務係が残業する火曜日にしました。この前と同じく校門付近で彼らが出てくるのを待ちます。すると、この日は、松永さんだけがひとりで先に出てきました。ほかの職員はまだ残っているのかわかりませんが、松永さんは急いでいる様子です。

私は、すぐにあとをつけました。松永さんは大学の西方向に向かい、バスを待つ人の列に並びます。松永さんはバスを待つ間、スマホに集中していて背後に私が並んでいることに気がついていません。オヤジを尾行したときもそうでしたが、私は普段かけない眼鏡を掛けマスクもして変装していましたので、パッと見はわからないはずです。

そしてバスに乗り込みました。十五分後、松永さんは目的のバス停で降り、私も続いて降ります。住宅が密集している地域を抜け田園風景が拡がっていました。そのバス停で降りたのは、松永さんと私を含めて数人。広い道の左右は田畑やアパートが点在しています。新興住宅地という雰囲気の場所です。松永さんのあとをしばらくついていき、私は今だと思い、松永さんに足ばやに駆け寄ります。もちろん不倫関係を問いつめるつもりでした。

「あの、ちょっと！」

私の声に気付き振りかえった松永さんは、驚愕の表情を見せました。私が誰かも認識しているようでした。

「あなた……うちの学生ね。いったいなに？」

「ボク、見てしまったんです。松永さんがホテルから出てくるのを……」

松永さんはさらに驚いた表情をしましたが、数秒後「あなたに関係ないでしょ」と言い放ちまた歩きはじめました。

「待ってください！　相手は妻子ある男性ですよ。不倫じゃないですか！　そんなのボクはイヤだ！」

「私を脅すつもり？」

「そうじゃないんです。ボクは松永さんを見かけてからずっと好意を持ってました。だから……不倫なんてして欲しくないんです」

とても興奮していたボクは、松永さんへの一方的な思いを告白していました。

「あのね、私はタレントでもアイドルでもなくて一般人なの、他人から私生活についてあれこれいわれる筋合いはないの！」

そういうとまた松永さんは歩きだします。

「ボクのなかではアイドルでした。そんな松永さんがあんなオヤジと……信じられません」

松永さんは立ち止まり、私の顔をまじまじと見ながら言います。

「そうか、あなたいつも学務に来ると思ってたけど、私が目当てだったのね。この際だから教えてあげる。学務の佐々木さんとは大人のお付き合いよ。妻子があるのは知ってます。でも、だからって結婚とか考えてないわ」

「なんで、普通の恋愛ができないいんだ！　ボクは松永さんのことが大好きなのに！」

「童貞の男子が言いそうなことね。とにかく私はあなたとは何の関係もないの。これ以上つきまとうと警察を呼ぶわよ！」

瞬間、ボクはキレました。警察を呼ぶと言われたことではなく、童貞とバカにされたことが頭にきました。たしかに童貞でしたし、女性とまともに話をしたことすらありませんでした。でもそれを大好きな松永さんから言われたことで、ボクの理性が崩壊しました。

「ボクは松永さんに普通の交際をして欲しかっただけなんだ！」

そういうとボクは、松永さんに抱きつきました。まわりに人の気配はありません。国道をトラックがたまに通過する程度です。松永さんは抵抗するものと思っていたのですが、冷静にボクの手を振りほどきます。

「ねえ、私とヤリたいの？　童貞だから女の扱い知らないんでしょう？　一回だけならいいわ」

ボクは松永さんが何を言ってるのか理解できませんでした。これまで何回、松永さんとセックスしたいと思ったことでしょう。オナニーのオカズにしたことも一度や二度ではありません。しかし、こんなことになろうとは想定外でした。

そんなボクの気持ちをよそに、松永さんはボクの手を握り、「こっちに」と言ってボクを案内します。このときのことをいま思い返してみると、もうどうにでもなれという気持ちでした。

松永さんに連れられていった先には、三階建てのマンションがありました。まわりは田畑です。ボクはてっきり部屋に案内されるのかと思っていたら、マンションの背後にまわります。

「ここなら大丈夫かな……さあ、ズボン下ろしなさいよ。しゃぶってあげるから」

ボクは信じられませんでした。アイドルのように思っていた松永さんが、ドエロな提案をしてきたからです。しかし、ボクはどうしていいかわからず身体を強張らせたまま直立不動の状態でした。

松永さんは、そんなボクのズボンをゆっくりと下ろし、さらにパンツも下ろしていきます。冷たい風が下半身にあたりましたが、寒いという感覚はなく、心臓がドキドキしていて、いまにも逃げ出したくなっていました。

緊張と寒さで、ボクのチ○チンは萎んだ状態でした。松永さんはチ○チンの根元をつかみ、じっくりと見たあとでゆっくり舌を這わせてきました。冷たい風にさらされていたチ○チンが生温かい感覚に包まれます。ボクの第一印象は「こんな気持ちいいことが世の中にあるのか」でした。

みるみるうちにチ○チンは大きくなっていきます。自分でシコシコするよりもはるかに大きな快感でした。ボクが経験する初めてのフェラなので、松永さんのおしゃぶりが上手なのかどうかはわかりません。

そのうちボクは脚がガクガクと奮えます。直立した状態でいられなくなりました。それと同時に「松永さん、気持ちいいです！」と言って下をみると、チ○チンを咥えている松永さんと目が合いました。ボクはさらに気持ちよさが大きくなりました。

「しゃぶられるの初めてなんでしょ？　ガマン汁がすごい出てる……ちょっとザーメンの味がするわね」

松永さんはそう言ったあとでまた咥え込み、今度は音がなるくらいに激しいおしゃぶりを実行します。大げさかもしれませんが、ボクはこの世のものとは思えないほどの気持ちよさを感じました。松永さんの口が、ボクのチ○チンを深く咥え込んだり浅く咥えたりしているのですが、唇がつねにサオの表面にあたっている状態です。

おしゃぶりでこんなに気持ちがいいんだから、オマ○コのなかは信じられないくらい気持ちがいいかもしれない。しゃぶられながら、ボクの想像は肥大していきました。そのため、オマ○コのなかに挿入したいと強く思いますが、フェラが気持ち良過ぎて射精しそうになります。

「どうしたの？　出そうなの？」

ボクの息づかいが荒くなっていたので松永さんが言います。

「はい……出そうです」

　ボクは正直に答えると、立っていられないほどチ〇チンがビクビクとしてきます。

「もうだめ。出そうです！　ほらここに！」

「口のなかはダメよ！」

そう言うと、松永さんは両方の手のひらをボクのチ〇チンのまえに差し出しました。

ボクはもう精液がチ〇チンのところまで来ているのがわかりましたから、途中で止めることはできません。そのまま松永さんの手のひらに思い切り射精しました。最初の精液の勢いが強すぎて、手のひらを飛び越えて松永さんのほっぺたのあたりに直撃します。

　それでも松永さんは嫌がる素振りもなく、残りの精液を手のひらで受けとめてくれました。

「すごい量！　よほど溜まってたみたいね。それに濃いわ」

ボクは射精の間、なんとか立っていましたが、射精が終わると膝がガクガクしてしまい、その場にしゃがみ込んでしまいます。

「ねえ、気持ちよかった？　自分でするのとは全然違うでしょ？　あれ？　なにまたボッキしてきちゃったの？」

射精したばかりなのに、ボクのチ○チンはまたボッキし始めていました。というか、射精後も萎んでいませんでした。

「さすが童貞チ○ポね」

松永さんはそう言うと、ボクを再び立たせ、射精後のチ○チンを間近でじろじろと見ています。

「ねえ、まだ出したい？」

「え！　いいんですか？」

そんなやり取りがあり、ボクはもしかしたらオマ○コに挿入させてくれるかもしれないと期待しました。

「でもセックスはダメだからね。ゴムも無いし。それより私、童貞クンが普段どうやってやってるのか見たいわ」

　松永さんはボクにオナニーしてみせろと言います。断る理由のないボクは、ボッキしたままのチ○チンをシコシコとしごき始めました。自分が発射した精液でドロドロになっていましたから、しごき具合はとてもスムースです。すると、松永さんは自分のバッグからスマホを取り出し、写真を撮ったのです。瞬間、ボクは驚いてオナニーする手を止めてしまいました。

「いいから続けて！」

　松永さんの剣幕に負け、ボクはオナニーを再開します。

「ねえ、わかってると思うけど、私と佐々木さんのこと大学に言ったら、この写真公開するからね。私をつけ回しているストーカーの学生が突然下半身丸出しで近づいてきたって言うわ！」

　松永さんに脅かされてもオナニーの手は止まりません。きっと松永さんは最初からボクを懐柔するつもりだったのでしょう。ボクは悲しい気持ちになりましたが、相変わらずチ○チンはボッキした状態です。

「いつもいちどに何回もオナニーするの？」

「そんなことありません。いつもは一回です」

正直に答えたボクに、松永さんは「どう？　出そう？　今度はそこの畑に向かって出してみて」と言い放ちました。

女性にオナニーを見られるのも気持ちがいいものだ。ボクはそんなことを思いながら、チ○チンを激しくしごきます。すると、ふたたび精液がチ○チンに向けてせり上がってくる感覚がありました。

「松永さん！　また出そうです！」

言い終わるまえに、ボクの射精がはじまっていました。今度は第一射が数十センチ前方に飛び散ったあと、残りの精液はあまり勢いなくほぼ真下に垂れ落ちました。

「今度もそこそこ濃いわね。こんな濃いザーメン、中で出されたら一発で妊娠しそうだわ」

二回目の射精が終わり、ボクはやっと気持ちが落ち着くのを感じました。精液でドロドロのままのチ○チンをパンツのなかにしまい、ズボンもはきました。

「あの、松永さん……」

ボクは何と言っていいのかわかりませんでしたが、とりあえず声をかけます。

「もうダメ。それに次もないからね。私、このあと家に帰るからついて来ないで」

「そんなことしません……すごく気持ちよかったです」

「学務に来ても、今日のことは言わない約束よ、いいわね。さもないとチ○ポ丸出しの写真バラまくからね」

ボクの松永さんに対するイメージは崩壊しましたが、なんだか魅力はより増したように思いました。

「わかりました。ありがとうございました。ボクも帰ります」

ボクは降りたバス停に引き返そうとしました。

「ねえ、あのオヤジはクンニがものすごく上手いの。私なんて何回もイカされてるんだから」

ボクは驚き、また松永さんのほうを向きました。

「大学の勉強も大切だけど、女の子を悦ばせる勉強もするといいわ」

松永さんはそう言うと、ボクと反対の方向に歩き出しました。ボクはまたしてもチ○チンがムズムズするのを感じながら、松永さんの後ろ姿を眺めていました。

●トレッキング中に野ションを目撃され、男子大学生に即ハメされた私

穢された行楽！　山中で弟の同級生と羞恥野外セックス

【告白者】小野寺祥子（仮名）／31歳（投稿当時）／主婦

結婚8年目を迎えた私は、夫とのセックスレスに悩んでいました。

夫は運送会社に勤めているのですが、近頃は人手不足とかで残業続き。そのストレスのせいか、夜の営みを誘っても「疲れているから」のひと言で拒絶されるばかりで、女盛りのカラダを持て余す欲求不満の毎日です。

自分で言うのもなんですが、肉体には自信があります。バストはFカップありますし、三十路にしては腰もくびれていて、我ながら、男が放っておくはずないと思うんです。

そんな風に悶々としていたある日のこと。弟が「今度の週末、家に遊びに行きたい」と連絡してきました。弟は大学でトレッキング同好会に入っているのですが、今度出掛ける山がたまたま私の自宅から程近いから、ついでに顔を出したいとのこと。

弟とは十歳近く年齢が離れていて、小さい頃からなにかと目にかけてきました。会うのは久しぶりだったし、私は二つ返事で「来てもいい」と言いました。

週末。弟は友人と連れ立ってやってきました。弟が一人で来るものとだと思い、お化粧もせずに部屋義姿で出迎えた私は慌ててしまいました。

「すみません、突然お邪魔しちゃったようですね。僕も同行すること、てっきりコイツが事前に伝えたと思っていたのに」

弟を肘で軽く小突いて、照れくさそうな笑顔を見せるこの青年は、優馬クン。弟と同窓生の大学三年生とのこと。トレッキングをやっているだけあって、日に焼けた逞しい体つきをしていて、笑顔が爽やかな好青年です。

「姉貴、今日は浩さん、家にいないの？」

「ああ、旦那は休日出勤なの。最近忙しいみたいで、夜も帰りが遅いのよ」

「そうなんだ。そんなに忙しいんじゃ、夜もかまってもらえないんじゃない？」

弟があけすけな軽口を叩いて、からかってきました。

「ば、ばか。お友達がいる前で変なこと言わないで」

恥ずかしさにうろたえる私。優馬クンはそんな私を見て言いました。

「こんなきれいな奥さん、僕なら絶対に放っておかないけどな」

「いやだわ、きれいだなんて。私、すっぴんよ」

「いえ、魅力的です。こんな美人なお姉さんがいるコイツが羨ましいですよ」

優馬クンは、また弟を小突きながらにっこりと笑いました。白い歯がまぶしくて、私はその笑顔に思わずドキッとしました。

それ以来、私は優馬クンとチャットのやり取りをするようになりました。ある日、彼はチャットでこんな誘いをかけてきました。

『よかったら今度一緒にトレッキングに出掛けませんか？　いろいろお疲れみたいだし、山歩きをすれば気晴らしになりますよ』

トレッキングに興味はありませんが、優馬クンとなら行ってもいいかなと思いました。彼にちょっと惹かれる気持ちもありましたし、たまには旦那のことを忘れてリフレッシュするのも確かに悪くない気がしたんです。

数日後、私たちは県内の△山にトレッキングに行きました。もちろん、夫には秘密です。弟にも優馬クンと二人で会うことは内緒にしていました。

トレッキングは登山よりも気軽だと聞いていたこともあって、私は最低限の持ち物だけ揃えて、Tシャツにストレッチパンツの軽装で出掛けました。

山歩きはとても新鮮な体験でした。優馬クンは慣れているだけあって優しくエスコートしてくれましたたし、楽しい時間だったのですが……私は少し油断していたようです。日頃運動不足の私はすぐにバテ気味になりました。それに、喉が渇いて水分ばかり取っていたのが良くなかったのでしょう。おしっこが我慢できなくなってきちゃったんです。

もぞもぞと身をくねらせる私を見て、彼は心配そうに訊ねました。

「祥子さん、気分でも悪いんですか」

「実は、ちょっと……おしっこがしたくなっちゃったの」

「それは困ったな。この辺にはトイレがないんです。頂上まで我慢できませんか？」

私は泣きそうな顔で、ぶるぶると首を横に振りました。

「わかりました。じゃあ、そこから横道にそれて木陰で用を足しましょう」

優馬クンが指差す方向を見ると、そこは「道」と言っても落ち葉に覆い隠されています。まさに、ケモノ道。道なき道といった雰囲気でした。

「こ、ここを入っていくの？」

「ええ。他に方法がありません。大丈夫。ここに道があるのはガイドしか知りませんから、誰も入ってきません。ちょっと下り坂になっているので、間違って足を滑らせないように……ああ、僕も一緒に付いていきますよ」

優馬クンは私の手を取って、慎重に斜面を下っていきました。しばらく進むと、大木の根元に平らになった場所を見つけました。

「ようし、ここなら大丈夫。早く用を済ませちゃってください。念のため、誰かに見られないように見張っておきますから」

優馬クンは私から少し離れた場所に立ち、私に背を向けました。

恥ずかしいのをこらえて放尿しました。ティッシュを取り出して陰部を拭こうとすると、明らかに小水とは違う、ぬるぬるした手応えを感じました。

(やだ、濡れているなんて……私、興奮しちゃっているんだわ)

無理もありません。野外でこんな風にオマ○コを晒すなんて初めてのことです。それに、すぐそばには優馬クンがいるのです。きっとおしっこの音も聞かれていたことでしょう。ましてや、私はエッチに飢えた身なのです。

頭がボーッとなって、私は思わず股間を指で弄ってしまいました。ぴちゃ、ぴちゃ……湿った音が林の中に響き渡りました。

「あ、ああっ」

「ど、どうしたんですか、祥子さん？」

優馬クンが心配そうに呼びかけてきました。

「あふっ、優馬……クン、ああんっ！」

「大丈夫なんですか？　ちょっと、そちらに行きますよ」

彼が近付いてきました。私はズボンとパンツを下ろして木にもたれかかり、脚を開いたまま股間を突き出してわざとオナニーを見せ付けました。

「あっ」

優馬クンは一瞬絶句して目を白黒させましたが、状況をすぐ理解したようでした。彼はズボンのチャックを下ろすと、ペニスを出してしごき始めました。さすが若いだけあって、硬くなったオチ〇チンは天を向いてビクンビクンと脈打っているのが卑猥です。それに、そのサイズときたら、太さも長さも二倍近くある立派な巨根でした。

それを見た途端、私はふらふらと近付いて巨大なペニスを咥えていたんです。自分でも信じられませんが、どうしても衝動を抑えられませんでした。彼の逞しい男根は、近くで見るとゴツゴツと節くれだっていました。しかも、今にも破裂しそうな太い血管が何本も浮き上がっています。雁首は膨れ上がり、雄々しくエラを張っていました。

肉棒から汗臭さとフェロモンが混じった匂いがモワっと立ちのぼり、めまいがしました。強烈な牡臭が鼻をつき、股間からまた愛液が溢れてくるのを感じました。

「あはぁん、優馬クンのオチ○ポ、とってもおいしい。大きすぎて、お口に入りきらないほど……はむっ、んぐぅ、すごい、喉の中でパンパンに膨らんでくるぅ」

私は口をいっぱいに開け、夢中になって太マラを頬張りました。

「うう、祥子さんのフェラもすごいよ。こんなにもチ○ポに飢えていたんだね」

優馬クンは両手で私の後頭部を固定すると、腰を振りピストンを打ち込んできました。ただでさえデカチンなのに、イラマチオなんてされたらたまりません。喉奥まで串刺しにされて、息もできないほどの苦しさに顔がみるみる真っ赤になるのがわかりました。それでも彼は強制口淫を緩めてくれません。むしろ、それどころか薄らと笑みを浮かべながら。首根っこを掴んで私の口唇をオナホールみたいに乱暴に扱います。優馬クンはイケメンのくせに、外見とは裏腹にかなりのドSだったんです。

巨根をほぼ根元まで強引に詰め込まれ、窒息寸前になって顔面がぶるぶる震えました。目には涙が滲んで、鼻水も出てきました。――と、彼が肉棒を引き抜きました。

「ぷはぁっ、はあ〜〜〜〜っ！」

口から大量の唾液がだらだらと滴り落ちました。唾液は泡立っていて、亀頭から粘り気たっぷりの糸を引いています。はぁはぁと息を吐くたびに、口唇にあぶくがぷくぅーっと膨らみます。彼のデカチンも唾液まみれでベトベトになっていました。

「祥子さん、僕からもお返しにサービスしてあげますよ」

そう言って、優馬クンは私の膝元にしゃがみ込んで股間に舌を這わせてきました。

「あっ、そんな……さっきおしっこしたばかりだから、汚いわ」

私は焦って股を閉じようとしますが、彼は膝を掴んで無理やりこじ開けてきます。

「はむっ。このしょっぱさがいいんだよ。んぐ、れろっ……はあ、祥子さんのここはまた格別な珍味だよ。やっぱり、大自然の中で味わうとオマ○コの味も一段と美味しいんだね。どうです、祥子さんも野外でクンニされていい気分でしょ」

優馬クンはねちねちと卑猥な言葉を繰り出しながら、肉裂を舐め上げてきます。舐めるだけでなく、生い茂った淫毛を掻き分けて膣孔に鼻尖をグリグリと押し込むと、深呼吸をするようにスーハー―とオマ○コの匂いを嗅いできました。

「はぁーっ、森林浴もいいけど、マン林浴もいいなあ。んー、たまらない」

「や、やめてぇ」

私は恥ずかしさのあまり叫んでしまいました。

「大きな声を出さないで。他の人に見つかっちゃいますから」

釘を刺されて、思わず息を飲みました。優馬クンは股間から顔を離すと、すっくと立ち上がりました。口の周りがラブジュースでぬらぬらと濡れ光っていました。

「よし……オマ○コの恥丘を越えて、おっぱいを縦走だ」

彼はなにやら登山用語を呟きながら、私の乳房を鷲掴みにしました。

「うーん、こんもりと美しいお山が並んで、絶景だ。標高98センチのFカップと言っていましたよね。こいつはアタックする甲斐がありそうだ」

鼻息も荒くそう言い放つと、私のTシャツをたくしあげておっぱいを露わにしました。そうして、乳首をべろりと舐め上げました。伸ばした舌でベロベロ舐め回したかと思うと、舌を尖らせてツンツンしたり、ちゅぱちゅぱと吸ってきたりしてきます。

「ほらほら、乳首が勃起してきたぞ。まるで野イチゴみたいだ」

彼が乳首を甘噛みするように噛り付きました。

「あ……ああん」

乳輪は唾液でベチョベチョです。優馬クンの口元にガビガビになってこびりついていた私のオマ〇コ汁も唾で溶け出して、乳首もぬるぬるしています。

もはや、私は欲望を抑えられなくなっていました。

「……れて」

「ん、なんて言ったの？　よく聞こえないよ」

「い、入れて。オチ〇ポ入れてください。優馬クンのデカチンが欲しい」

私、なにを言っているんだろう……恥ずかしくて顔から火が噴き出そうでした。

「ふふん、では、奥さんのストレス発散に一役買ってあげますよ。なぜハメるのか、そこに穴があるからってね。ほら、後ろを向いて、腰を突き出してください」

私は言われた通りに回れ右をすると、木の幹に抱き付く格好で肉棒を迎え入れるように腰を突き出して立ちバックのポーズになりました。

優馬クンは私のお尻を掴むと、ワレメにオチ〇チンをあてがいました。そして、膣穴にずぶりっと一気に突き立ててきたんです。

「ひっ！」

めりめりと膣口を挽き裂かれる感覚。巨根が重機のローラーのごとく肉襞を圧し潰してきます。子宮までずんずん響くピストンの破壊力に頭が真っ白になりました。

「どうです、奥さん。僕のマラのハメ心地は」

「あぐぅ、す、すごいわ……あぁん」

「奥さん」と呼ばれて急に既婚者という自らの身分を意識して背徳感を覚えました
「奥さんだなんて、そんな言い方しないで。祥子と呼んでぇ」

「だって、祥子さんはれっきとした奥さん……人妻でしょ。チ〇ポに恵まれていないのに、旦那への愛はまだあるのか。いいでしょう、その方がこちらも燃えますよ」

彼はいっそう力強く腰を振り、より深い抽送を繰り出しました。

「ふぐっ、がはぁ、あああっ」

体ごと串刺しにされ、膣膜をめちゃくちゃに犯されました。掻き回されているうちに、オマ〇コが彼の巨根に馴染んで、激痛がじわじわと快感に変わってきました。亀頭が陰唇を押し拡げ、ペニスが奥まで侵入してくると、久しぶりの感覚に私は仰け反りました。

「いい、いいわ、感じちゃう、どんどん気持ちよくなってくるわ」

私も夢中で腰を振りました。彼はイチモツを送り込みながら私のおっぱいをせわしなく揉みしだき、クリも弄ってきました。あまりの気持ちよさに、腰が抜けてふわふわと宙を飛んでいるような感覚でした。

――と思った瞬間、本当に身体がふわりと浮き上がりました。彼がピストンしながら私の内腿を両手で抱え上げたのです。

「え？　え？」

いわゆる駅弁ファックのポーズです。昔、アダルトビデオで見たことはありましたが、こんな体位はまだ誰ともやったことはありませんでした。

「ちょ、優馬クン、こんなの恥ずかしいよ」

顔を真っ赤にして訴えますが、体は彼の逞しい腕にがっちりとホールドされているので抵抗できません。私が恥じらう姿にますます興奮したのか、彼はさらに腰を高く掲げると、連結部を山々に見せ付けるようにして、のっしのっしと歩き回りました。

「あっ、あっ、あんっ」

一歩前進するたびに腰が大きくバウンドして、巨根が膣壷を垂直に突き上げます。日頃から体を鍛えあげている優馬クンは疲れる様子もなく、無尽蔵のスタミナでピストンを続行しました。ダイナミックに抽送しても彼の巨根はオマ○コから抜けることがなく、激しい直下型ピストンに私は悶絶しました。

「はぁ、はぁ……もう、だめぇ」

切ない哀願を合図に、彼は私を地上に下ろすともう一度立ちバックの体勢にして怒涛の肉棒突きを浴びせてきました。インターバルもとらずに肉穴を抉り続けます。

「ああ、い、イク、イクぅ」

「よし、僕もイクよ」

私がビクンっと痙攣すると同時に、彼も肉棒を引き抜いて射精しました。

びゅるっ、びゅるるっ！　ペニスが大きいだけに、ザーメンの量も勢いも桁違いでした。オチ○チンが脈打つたびに鈴口から精液が何度も飛び出して、べったりとお尻に粘り付きます。全部出たと思っても射精はまだまだ続き、お尻は白濁色に染まりました。お尻だけではなく、背中や首筋、髪にまで飛び散った汁が降りかかりました。

驚いたことに、優馬クンのデカマラはまだ硬さを失っていませんでした。私がぐったりしているのを尻目に、彼はまたもオマ○コにイチモツを挿入してきました。

「あう、優馬クン、いくらなんでもスタミナがありすぎよぉ」

何度オーガズムを迎えたのか、数え切れません。ふと気が付くと、もう日没が近いのか、辺りは薄暗くなっています。

「うおお、そろそろイキそうだ」

ようやく、彼のオチ〇チンも「登頂」が近付いてきたようでした。

「ああ、イク、イク。イクぞ。ほらっ」「あっ！」

私が声をあげたのと、彼が精を放ったのはほぼ同じタイミングでした。あろうことに、彼は私のオマ〇コに膣内射精したのです。

ショックのあまり茫然としていると、膣から中出しザーメンがドロリと溢れ落ちて腿を伝いました。辺り一面に草いきれに精液と愛液が入り混じった、むっとする青臭さが立ち込めて私はそのまま気が遠くなってしまいました。

優馬クンとはそれ以来気まずくなり、会うこともなくなりましたが、あの日の件は今も忘れられない思い出です。きっかけを与えてくれた弟には感謝しています。

あれからすぐ夫との夜の生活も復活し、妊娠しました。でも、もしかしたら優馬クンの子種なのではないかという思いもあります。もしそうだったとしても構いません、夫との間に出来た子どもとして生み育てていくつもりです。

●夫婦で不妊治療に取り組む夫が女性職員と良い仲に!?

事務的精子採取のはずが濃厚口技に歓喜し極上膣に発射

【告白者】江沢守(仮名)／45歳(投稿当時)／会社員

私は45歳。妻と結婚したのは四年前でした。妻は私よりもひとつ年上ですから、結婚したときは42歳。出産できるかどうかという年齢でして、結婚してすぐにお互い妊活に取り組みました。

妻も私も働いていて休みはふたりとも土日です。そのため、金土日はかなからず中出しセックス。平日も、どちらかの気分が乗ればセックスするという取り決めにしていました。ところが、一年経っても、二年経っても子供ができません。そのため、結婚三年目からは本格的に不妊治療に取り組むことになりました。

私の精子に問題があるかもしれないので、その検査もしました。しかし、とりたてて問題があるわけではなく、妻の年齢ということしか出てきません。しかし、四十代の女性が初出産した例はけっしてめずらしくないため、私たちはそのことを希望に、妊活に励みます。

具体的には、着床しやすいタイミングをはかり中出しセックス。これまでのように、週末は何回もセックスするのではなく、確実なものを一、二回。そして食事管理も大切とのことで、男性ホルモンや女性ホルモンが出やすいといわれている料理をメインに食べるようにしました。

結果、どうなったかというと、週末前はかならずスタミナ料理。さらに私の疲れも精子の状況に影響を及ぼすとのことで、金曜日はできるだけ会社からはやく帰り、自宅でリラックスするようにしました。妻も同じです。やはり金曜日は会社からはやく帰ります。

とはいえ、女性が妊娠しやすいタイミングは生理周期に左右されます。そのため、妻は基礎体温をはかり、この日が最適というときにセックスするようにしました。いちばんの問題は、私が妻のタイミングに合わせざるを得ないため、何度かセックスするたびに、セックス自体が苦痛に思えてきたことです。

私も四十代なかばという年齢です。十代、二十代のころならいざ知らず、たとえば疲れているときでもセックスするためにボッキさせなければなりません。そして、こんなことをいうと妻に怒られてしまうのですが、ボッキする相手は何度も何度もセックスした結婚四年目の妻です。新鮮さはありません。

そして私は次第に勃起不全となっていきました。最初は中折れ程度でしたが、義務的なセックスをしているうちに、ボッキどころかチ○チンがまったく反応しなくなってしまいます。妻も普通の状態なら、気にしなかったでしょう。しかし、いまは夫婦が二人三脚で妊活に取り組んでいる真っ最中です。さらに、年齢的な限界もあります。

私がなかなか反応しないチ○チンをシコシコしているのを見て、妻は当然ながら落胆します。その度、私は男として情けない気持ちになるのです。こんなに苦痛なら、私はもう子供はいらないんじゃないかと思うようになります。

残りの人生、妻といっしょに仲良く暮らしていければ充分だと思う気持ちが日に日に大きくなっていたとき、妻からある提案をされました。どこで調べてきたのか知りませんが、かならず妊活を成功させると評判の団体があるということでした。

つまり私と妻でそこを訪れ、妊活をサポートしてもらおうというのです。さらに、妻はもう予約したとのことでした。とにかく人気の施設のため、予約がなかなか取れず、私に相談していては時期を逃すと考えたそうです。予約は二ヶ月後でした。

それから二ヶ月の間、私たち夫婦は相変わらずセックスに取り組んでいましたが、私のチ〇チンが反応することはなく、毎回不発で終わっていました。妻に手コキされても、おしゃぶりされても反応しません。

ただ、妻にはナイショにしていましたが、こっそり自分でオナニーすることはありました。そのときのオカズは、欧米女性のポルノ映像です。妻とのセックスではピクリともしなかった私のチ〇チンが、外国人女性のセックス姿をみると途端にボッキするのです。「リラックスして心を落ち着けたらまたボッキする、だって自分でやるときはボッキするんだ」妻に何度いおうと思ったかしれません。

しかし、隠れてオナニーしていたことが妻にわかると余計に妻の機嫌を損ねてしまうと思い、結局言い出せませんでした。

そして予約の日が来ました。私は妻とともに施設を訪れます。ちなみにこれまで何度か、不妊治療や妊活推進の医療機関に足を運んだことがありますが、たとえば射精を求められたとき、狭い個室（私は勝手に〝射精ルーム〟と呼んでいました）に案内されます。たいていそこにはアダルト本の類いが置いてありました。

つまり、エロ本を見ながら射精しろということです。そのあと職員が、出された精子の運動の様子を見たり、全体的な濃さを見たりします。実のところ、私は射精に至るまでの扱われ方に大いに不満を持っていました。行ったことありませんが、おそらくビデオボックスの個室やネットカフェの個室よりも寒々しい、前近代的な射精ルームで、いい精子が出せるわけありません。

アダルト本はまったく役に立たず、ほぼ妄想でボッキさせるわけですから、ボッキするまでに時間がかかります。普段からドスケベなことばかり頭に思い描いている変質者予備軍みたいな人間や、血気盛んな十代、二十代くらいしか、射精ルームで良い精子を出すことは難しいと思います。

そして私はこの日も、これまでの射精ルームを思い浮かべて、暗澹たる気持ちになっていました。妻との義務的なセックス。そして射精ルームでの義務的な射精。いったいどういう理由で私は、無理矢理に精子を出さねばならない人間になったのでしょう。

「奥様は私についてきて下さい。ご主人様はこのさきに行ってもらうと受付がありますから、そこで係の者に声をおかけ下さい」

案内係の女性職員が私たち夫婦にいいました。私は、これから射精ルームに向かうのだなと思います。いつになく足が重いです。そして、妻と別れた私は、白い廊下を歩いていきます。すると、ナースステーションのような場所に着きました。

そこにはすでに待機していた女性職員がいました。看護師の格好をしていますが、ほかの女性職員がズボンをはいているのに、この女性はスカートです。そんなどうでもいいことが気になります。

「え～と、お名前は江沢……守さんですね。私は秋元ミルです。どうぞよろしく♪」

女性職員は私に笑顔を向けてきました。ミルという変わった名前にも驚きましたが、気さくな笑顔も意外でした。こういうところの職員さんは淡々と事務的に業務をこなすことが多いからです。そしてミルさんはイスから立ち上がり私の両手を握ってきました。

「いい精子を出すためにお手伝いしますね。いっしょに頑張ろうね！」

私はこの時点でもうすでにミルさんに魅せられてしまっていました。とてもフレンドリーな風俗の女の子に会ったような印象すらします。そして私は奥の個室に案内されます。そこは六畳ほどの部屋で、病院のベッドが置かれていました。射精ルームでは私はいつも基本的にひとりですから、当然自分でパンツをおろして自分の手でシコシコします。

しかしこの日は、ミルさんがアシストしてくれます。「今日は私が射精までお世話いたします。でも、奥様に悪いなんて考えないでくださいね。いい精子を出すために必要なことなんですから」そういいながらミルさんが私のチ○チンをパンツから取り出しました。

「あら！　元気な感じですね。よかった」

そう言って笑顔を見せてくれたのですが、私はチ○チンがボッキの兆しを見せていたことに自分で驚いてしまいました。さらに驚いたことには、ミルさんが私のチ○チンをなんの躊躇もなく咥えたことです。もちろん事前に洗っていませんし、さっきオシッコしたことを思い出していました。

ミルさんの口のなかはとても温かく、また舌先の動きがすごかったため、私はすぐにフルボッキしていました。舌先を亀頭に這わせながら、唇を動かすテクニックはかなり高度で、私はこれまで経験したことがありませんでした。かつては妻にフェラチオされたこともありましたが、そのときはやはり途中で萎えてしまい、以後はまったくボッキしませんでした。

だから私はフェラされることが怖かったのも事実です。しかし、ミルさんのフェラならいつまでもボッキしていられる……そんな自信が湧いてきていました。ところが、私のそんな思いとは裏腹に、ミルさんが突然チ〇チンから口を離します。

「う～ん、出だしは問題なしと……でも、途中で萎えちゃうのね。いまどうですか？」

ミルさんはそういうとバインダーに挟まれた書類にメモしながら聞いてきます。

「しゃぶられなくなると、やっぱり萎んでしまうことが多いです。いちど萎んでしまうと、もう二度とボッキしません」

「そうかあ……ん？　たしかにすこし縮んできましたね」

私は急激に波が引いていく感覚がありました。もうこれで、今日は二度とボッキしないだろう。そう確信してしまいます。

「いちど萎んだときは、あとどう刺激してもボッキは難しいんですよね？」

「はい、情けない話ですが」

「わかりました。じゃあ、全裸になってみましょうか。それでベッドに寝て下さい」

私は言われるまま、ヒザあたりに下げられていたズボンとパンツを脱ぎ、そして上半身の服も脱いで全裸になりました。

「江沢さんは、カリ部分が気持ちよさそうだったので、カリを集中して責めようかとも思ったんですが……う～ん、ちょっと変則的で恥ずかしがる男性もいらっしゃるんですけど、試してみましょうね」

そういうと、ミルさんは寝転がっている私を大きく開脚させます。そして両脚をすこし上に持ち上げました。このとき、私のチ○チンは、さっきよりもさらに元気がなくなっていました。

「江沢さん、お尻の穴とか刺激されたことありますか？」

「え！　いやないと思います」

ミルさんは私のタマのあたりと肛門をまじまじと見つめています。お尻の穴を女性に、それもはじめて会った女性に見られることなど経験したことがありませんから、私は恥ずかしくてたまりませんでした。

「ちょっと舐めてみますね」

そういうと、ミルさんは私のお尻の穴に舌を這わせてきました。チ○チン同様に事前に洗ってはいません。たぶん強烈な臭いがしていたと思うのですが、ミルさんは、そんなこと構わないというように、私のお尻の穴を舐めながら、同時に私の反応をうかがいます。

「ほとんどの男性はお尻の穴を刺激されると気持ちいいものなんです。どうですか？」

「はじめてですけど、すごく気持ちいいです……でもかなり汚れていたと思うんですが」

「そのへんは全然大丈夫ですよ。汚れは舌で舐めとってあげますからね」

そういうと、ミルさんは肛門と、その周辺をベロベロ舐めまくりました。さらに、肛門の内部に舌先を差し込んできました。そして何回か舌先を回転させたあとで抜き取ります。

「お尻が汚いとか気にしないでください。いまはボッキに集中ですよ」

私は「わかりました」とミルさんのほうを向くと、自分のチ○チンがボッキしていることにあらためて気付きます。ボッキしたチ○チンのさきにミルさんの顔があり、私はなぜか感動を覚えます。いままでいちど萎えてしまったら、絶対に二度とボッキしなかった私のチ○チンが、いままさにボッキしています。

「チ○チンばかりを刺激してもダメなんです。急がばまわれってことわざの通り、チ○チンじゃなくてお尻の穴を刺激すると、チ○チンが反応するんです。良かったです」

ミルさんは、まるで自分のことのように嬉しそうでした。

「ボッキしたことだし、じゃあこれから精子の採取に移りますね」

今度はミルさんが手コキをはじめました。私はミルさんの手コキの気持ちよさにすぐ気が付きました。普通の手コキはチ○チンの先から根元まで移動するときに、均等な力を加えます。ところがミルさんの場合は、亀頭に近づくと優しく、根元に近づくと力強く、またその逆もあります。つまり力加減を変化させています。

私は、これまで自分が経験してきた手コキはいったい何だったんだろうと思います。そうこうしているうちに、チ○チンがさらに大きくなりました。

「どうですか？　出そうですか？」

手コキしながら、ミルさんが耳元で聞いてきます。

「もっと気分がのるようにキスしましょうか？」そういうと私の返事を待たずに唇を合わせてきました。そして舌先を口内に差し込んできます。激しいディープキスです。さっきまで自分のお尻の穴に突き刺さっていたミルさんの舌でしたが、そんなことまったく気になりません。

私のチ○チンはフルボッキして痛いくらいに大きくなっていました。

「いい感じですね。それじゃあ、精子を採取しましょうか」

そしてミルさんは、私のチ○チンに無色透明の袋状のものを被せました。このなかに射精しろということのようです。

「もう出そうなんですが、こんな袋のなかに射精するのは何とも味気ないです。できるなら……その、セックスのあとで射精したいです」

最初ミルさんは、すこし困ったようでした。そしていったん手コキを中断します。私はミルさんが怒ったのではないかと思い焦ります。手コキをやめたミルさんは、なにやら書類に目を通しています。

「セックスに取り組むも、ことにおよばない……で、セックスレスですか……。そうか……う～ん、どうしよう」

私はその間、ベッドに横になったままでした。チ○チンはまだボッキしていました。こんなことはここ数年でいちどたりともあったことはありません。自分のチ○チンではないような元気さです。

「わかりました。ただ、ここには避妊具がないので膣のなかに出すのは厳禁です。採取できませんから、かならず射精のまえに膣内からチ○チンを抜いてください。そのあとでさっきの袋のなかに射精してもらいますね」

そういうと、ミルさんはふたたび手コキをはじめます。といっても私のチ○チンはいつでも挿入態勢にありましたから、二、三回の手コキのあと、ミルさんがベッドに横になりました。

そして私はミルさんのマ○コを舐めたり指でいじったり、前戯めいたことをしようとしていたのですが、ミルさんは、マ○コに潤滑油代わりのクリームのようなものを塗りました。

「江沢さん、いつでも大丈夫です。膣内に出すのだけはご法度ですよ」

そういって、少し腰をあげました。私はフルボッキしたチ○チンを、ミルさんのマ○コめがけて突き刺します。ズブズブと奥まで入っていき、先端が子宮口にあたった感覚がありました。

「うう、ミルさん！　すごく気持ち良いです。ナマのマ○コなんて何ヶ月ぶりだろう」

私は感動しながら腰を激しく振りました。ミルさんのマ○コは浅いタイプのようで、激しくピストンすると、すぐに子宮口に亀頭があたります。そのたびに、ミルさんが大きな声をあげて感じていました。

「江沢さん！　もう射精可能じゃないですか？　なかに出すのはダメですからね」

ミルさんの顔には汗が滲んでいました。そして私のピストンに合わせて、ミルさんも腰を動かしています。長い期間、妻とのセックスレスが続いたので、私はピストンのやり方を忘れてしまったのではないかと不安もあったわけですが、そんな心配は無用でした。もちろんミルさんのマ○コの具合が良いというのが大きく関係しているのは間違いありません。

「ああ！　もうダメです！　江沢さん、チ○チン抜いてください。でないと、私、恥ずかしいことになってしまいます」

ミルさんの言葉が、私のチ○チンにダイレクトに響きます。さっきよりもボッキしているように思いました。いまマ○コから抜きたくない。そう思った私は、ミルさんの言葉を無視してさらに激しいピストンを繰り返します。

すると、ミルさんが突然ピクピクと身体を動かし始めます。感じすぎて訳がわからなくなっているようにも見えました。

「ああ！　どうしよう！　私ビンカンだからすごくイキやすいんです。ホントはいまなかに出してほしいけど、それはダメ。そんなことを思いながら、江沢さんのチ○チンの感触を感じてたら、マ○コがビクビクしちゃって……」

私はそんなミルさんの告白を聞き、ますます中出ししたくなりました。そしてさっきよりも高速でピストンを繰り返し、もうなかに出そうと決めました。そんな気配を察知してか、ミルさんは何度も「なかはダメです！」と叫びます。

私の下で暴れもしますが、私ががっちりとホールドしていてミルさんは動けません。

「江沢さん！　バック好き？」

突然ミルさんが言い、私は射精のタイミングを削がれてしまいました。バックで中出しするのもいいかもしれないと思います。

「バックでやらせてくれるんですか？」

私が力を抜いた瞬間、マ○コからチ○チンが抜けて、ミルさんが四つん這いになります。ミルさんのマ○コはグチョグチョになっていました。陰毛がマン汁でビショビショです。

私が、グチョグチョのマ○コにチ○チンを挿入しようとした直後、ミルさんがベッドから下りてしまいます。いったいどうしたのかと困惑する私のチ○チンにさっきの袋を被せて手コキ。最初の精液が亀頭の部分にまで迫っていた私は、あっという間に射精してしまいました。

「ああ……こんなのズルいです」

気を落とす私ですが、射精は止まりません。そして袋のなかに精液がどんどん溜まっていきました。ミルさんは汗をかいた顔で嬉しそうな表情をします。

「オマ○コのなかに出すと、精子の採取ができませんから」

そう言って最後の一滴まで袋に入れる感じで、チ○チンの根元を指でしぼりました。そのとき私は予期せず自分の目から涙がこぼれていることを知ります。このままずっとセックスできない身体かもしれないと思っていたけど、ミルさんのおかげでそうはならなかった。ナマのマ○コの気持ちよさを再認識できた。いろいろな感情があったためだと思います。

「江沢さん、どうしました？」

「普通にセックスできることがこんなに幸せなことなんて……」

私は号泣していました。すると、ミルさんが精液でドロドロになっているチ○チンを咥えます。お掃除フェラでした。

「いつもはこんなことしないんですが、今日は特別です」

ミルさんの丁寧なお掃除フェラが私のチ○チンをふたたび奮い立たせました。射精後にすぐにボッキするなんて信じられません。

「江沢さん、すごいわ！　また射精できそうね。いいわ、二回目はオマ○コのなかで出させてあげますね」

ミルさんは私にお尻を向けました。立ちバックの態勢です。私はすぐにチ〇チンを突き刺して、マ〇コの感触を楽しみます。

「ああ！　すごい、すごいわ！　さっきよりもチ〇チン大きくなっている。江沢さんボッキに悩んでるなんてウソでしょ」

そのうち感じすぎたミルさんが両脚をガクガクさせます。そして数回ピストンしたあと、オマ〇コのなかに射精してしまいました。二回目の射精なのにこんなにはやく出してしまうなんてびっくりです。

チ〇チンを抜くと、ミルさんのマ〇コから濃い精液が垂れ落ちます。ミルさんは、自分の指でマ〇コを確認し、「二回目も濃いなんてすごいわ」と私に笑顔を見せました。

施設での話はこれで終わりです。しかし、ミルさんとの関係は続きがありまして、そのあと施設以外で会うようになりました。私が施設で流した涙が、ミルさんの母性を刺激したようでした。

ミルさんとの関係は数回でしたが、それが妻に知れたのは半年前のことです。というわけでいま妻との離婚調停の最中です。当然、ミルさんは施設を辞めることになりました。でも私とミルさんはいまとても幸せです。妻に対する罪悪感はあります。だけども、妻との関係を修復していくことはお互いにムリと思いました。ちなみに、私が施設で採取された精子では、妻は妊娠しませんでした。もしも妊娠していたら、離婚できたかどうか微妙なところだったと思います。

ところで私は新しく妻になったミルさんと週に何度かセックスする日々です。いまミルさんは同じような施設への再就職を希望しており、そうなると全然知らない男たちの精子を採取するのだと思うと複雑な気持ちです。

不倫手記
溢れ出す淫水で男を熔かす
火照る魔性の肉体性交体験

2025年2月24日　初版第一刷発行

発行所　株式会社　竹書房
〒102-0075　東京都千代田区三番町8-1
三番町東急ビル6F
Email: info@takeshobo.co.jp
ホームページ：https://www.takeshobo.co.jp
印刷所　中央精版印刷株式会社
デザイン　森川太郎
本文組版　有限会社マガジンオフィス